KB105389

아무튼, 발레

아무튼, 발레

최민영

읻고

차례

3개월 일시불 선결제 해주세요

누가 취미를 물으면 '유산소 운동 조금 하는 편'이라며 대충 눙친다. 발레 배운다는 얘기는 섣불리 꺼내지 않는다. 4년 차라는 말은 더더욱 삼간다. 사람들이 "우와, 발레를 4년이나 배웠다니! 그럼 제법 잘하시겠네요" 같은 반응을 보이기 때문이다.

속 모르는 소리다. 잘 추고 싶은 마음은 마그마처럼 뜨겁게 끓어오르는데 막상 몸으로 표현되는 건 한겨울 개봉한 지 열두 시간도 더 지난 주머니 핫팩만도 못할 때, 그 서글픈 간극은 취미 발레를 배우는 이라면 누구나 한 번쯤 경험해봤을 것이다. 가끔 수업 때 안무를 따라가지 못해 '몸개그' 중인 내 모습을 스튜디오 거울을 통해 발견한 날에는, 홧김에 단 음식을 잔뜩 먹고 늦은 밤 베개에 머리를 대고 내면의 눈물을 훔치며 생각하는 것이다. '만 4년이 다 되어가도록 한 주도 빼먹지 않고 정진했는데 왜 이리 더딘 것일까. 이럴 바에야 담백하게 포기하는 게 낫지 않을까.' 불가에서도 노력해도 안 되는 것은 인연이 아닌 것이라 했는데… 집착만 버리면 번뇌도 간단하게 사라질 것을.

하지만 이렇게 속상해하다가도 다음 날 아침 출근길 가방 안에 레오타드와 신발, 스커트, 타이즈와 워머, 그리고 땀 닦을 수건까지 한 보따리를 곱게 말아 주섬주섬 넣는다. 퇴근이 늦지 않으면 저녁 9시 수업은 들을 수 있겠지, 기대하면서 말이다. 이렇게 지독한 짝사랑이 있을까.

2015년 1월 어느 토요일, 잔뜩 긴장한 채 서울 동교동의 한 성인 발레 전문학원에 들어섰다. 저 등록하러 왔습니다. 친절한 부원장이 물었다. 발레는 처음이신가요. 네 그렇습니다. 몸에 안 맞을 수도 있는데 기초반 한 달만 들어보고 계속할지는 그때 결정하시죠. 아닙니다. 그럴 순 없습니다. 나는 결연한 표정으로 신용카드를 내밀며 3개월 일시불 선결제 해주세요, 외쳤다. 개강은 2월 초니까 그때 오세요. 영수증을 손에 쥐고 문을 나서니 햇살이 따사로웠다. 수업 시작 전까지 살을 좀 뺄 시간이 있어 다행이었다. 당시 나는 마음 내키는 대로 행복하게 야식을 즐기다가 고3 때의 몸무게를 회복한 상태였다. 운동을 꾸준하게 했으니 기초대사량이 높을 것이다, 많이 먹어도 잘 찌지 않을 것이다, 방심하다가 의문의 벌크업에 성공해버렸던 것이다.

서른아홉 살에 취미 발레를 처음 배우기로 결심했다고 하니 대부분 "으엥? 네가 무슨 발레를?"이라는 반응을 보였다. 고등학교 동창 한 놈은 참 다정하게 걱정해줬다. "나이 들면 뼈가 부러져도 잘 안 붙는단다." 사실 내 걱정은 뼈보다는 살이었다.

마흔 살이 넘으면 자신의 얼굴에 책임을 져야 한다는데, 몸도 마찬가지로 삶의 흔적을 고스란히 담게 된다. 나의 하체는 책상 앞에서 부동의 자세로 살아온 시간이 켜켜이 퇴적되어 단단한 살들을 이루고 있었다. 의자 모양에 맞춰 몸이 최대한 진화하며 천연 쿠션을 만들어낸 게 아닐까 싶을 정도였다. 하긴 이 천연 쿠션의 역사는 유구한 것이었다. 중학교 때 청바지를 사러 갔다가 남동생이 "돼지네 돼지"라고 놀려대는 바람에 울며 뛰쳐나온 쓰라린 기억이 여전히 생생하다.

운동이란 걸 처음 시작한 건 서른이 넘어서였다. 여러 운동을 골고루 방황했지만 어디에도 마음을 붙이지 못했다. 요가는 급한 내 성격에는 너무 조용해서 지루했다. 자전거는 한강 변에서 옷이 찢길 정도로 무릎에 심한 찰과상을 입은 뒤 속도 내기가 겁났다. 수영은 하필 새벽 수업이라 알 빠진 옥수수처럼 듬성듬성 나가다 보니 흥미를 잃었다. 피트니스는 잘못된 운동 방식 때문에 허벅지가 커져서 그만뒀다. 엉덩이와 허벅지 살을 빼는 데 좋다고 들어서 20킬로짜리 바벨을 등에 지고 각종 스쿼트를 무작정 열심히 했던 것이다. 젠장, 여자는 근력 운동을 해도 근육이 안 커진다고 누가 그랬는지는 몰라도, 생생한 반증이 여기에 있으므로 반드시 '대체로'라는 단서가 붙어야 한다. 그때 생긴 바위 같은 큰 근육은 없어지지도 않는다. 하체 비만이 근육 돼지로 바뀌었을 뿐이었다.

저녁식사 때 내가 이런 하소연을 하자 취미로 발레를 하던 친구 하나가 기다렸다는 듯이 발레를 권했다. "발레는 근육을 가늘고 길게 쓰는 운동이라 너한테 딱 맞을 거 같네."

발레? 그러고 보니 민소매를 입은 그 친구의 팔뚝이 예전보다 꽤 가늘어진 듯했다. 옆에 있던 친구의 친구도 거들었다. "요즘은 나이가 좀 있어도 운동 삼아 많이 배우니까 한번 학원에 와보세요." 그래볼까, 잠깐 혹했지만 언제 야근에 당첨될지 알 수 없는 불규칙한 퇴근 시간을 핑계로 손사래를 쳤다. 속으론 이런 생각이었다. 나처럼 통허리에 다리 굵은 사람이 발레를 하면 얼마나 보기 흉할까. 다른 사람들하고 또 비교는 얼마나 되겠어. 발레는 딱히 운동이 될 것 같지도 않은데 그냥 체육관이나 열심히 다니자. 국립발레단이나 유니버설발레단의 공연을 떠올리면 가슴이 두근두근하다가도 맥주 뱃살이 양손 가득 잡히는 나의 아랫배와 무대 위 그녀들의 공기처럼 가벼운 몸에 생각이 이르면 발레는 '감히 범접할 수 없는 일'임이 분명해졌다.

그러던 어느 주말, 무료하게 낮잠을 자던 중 '내가 잠이 많고 잠을 좋아하기는 하지만 정말 낮잠은 이제 지겹다'는 생각이 들었다. 나이를 먹을수록 시간이 빨리 가는 이유는 새로운 경험보다는 반복되는 경험이 많아지기 때문이라는 이론이 있다. 꼬마 때는 아이스크림을 먹어도 친구랑 모래놀이를 해도 새록새록 새로운 경험이라 하루가 풍요롭지만, 어른은 대부분 반복되는 일상을 살기 때문에 뇌가 일일이 다 기억하지 않으니 하루하루가 단조로울 수밖에 없다는 것이다. 내 일상도 그렇게 점점 재미가 없어지고 있었다. 곧 마흔 살, 청춘과는 이미 멀어진 나이이고 어차피 죽으면 썩어서 사라질 몸인데 난 참 쓸데없이 주저하는 일이 많구나, 회한이 밀려들었다.

그래서 발레를 배우기로 결심했다. 나이 마흔을 넘어서도 심리적 에너지 수준이 떨어지지 않으려면 어린 시절 꼭 하고 싶었던 일에 도전해보는 게 좋다는 조언을 들은 적이 있었는데, 내게는 그게 발레였다.

어릴 적 발레를 배우고 싶었지만 기회가 없었다. 집안 살림이 부족하진 않았지만 그렇다고 넉넉하지도 않았고 나는 늘 동생들에게 양보하는 맏이 역할에 충실했다. 못생긴 왼팔 관절도 어린 시절 내내 콤플렉스였다. 여섯 살 때 사고로 심하게 다쳤는데 의사 선생님의 걱정과 달리 팔을 쓸 수는 있게 됐지만 뼈가 약간 튀어나온 형태로 관절이 붙었다. 퇴원 무렵, 담당 의사는 발레처럼 온전한 몸의 형태를 요구하는 직업을 가지려면 일리자로프 수술을 해야 한다고 말했다. 입원 기간 내내 병원 복도에서 다리에 철심을 박은 일리자로프 수술 환자들이 휠체어를 타고 돌아다니는 걸 〈전설의 고향〉 귀신 얘기보다 더 무서워했던 나는 무조건 싫다고 고개를 저었다.

그러다 한발 내디딘 발레의 세계에서 헤어날 길이 없다. 문외한인 혹자는 "발레 그거 팔다리 적당히 흐느적거리는 춤 아니냐"라고 묻기도 하는데, 진짜 몰라도 너무 모르는 소리다. 근육 부피당 근력을 비교해보면 발레리나와 프로 축구선수가 비슷하다는 연구 결과가 있을 정도로 발레는 운동 효과가 상당하다. 마라톤의 러너스 하이처럼 발레도 몸을 극한으로 밀어붙일 때 느끼는 희열감이 있다. 그래서 피곤한 날엔 홍삼 한 포 털어넣고 기어서라도 학원에 가서 마지막 힘을 쥐어짜 연습하고, 주말에도 낮잠을 포기하고 학원으로 출근하게 된다. 나뿐만이 아니라 취미발레에 빠진 대부분의 사람들이 이구동성으로 하는 우스갯소리가 있다. "우리는 발레 학원비 벌려고 직장 다니고, 퇴근해서 발레하려고 아침에 출근한다." 클래식 피아노 선율에 맞춰 내 몸에 온전하게 몰입하는 90분이 주는 기쁨은 그 어디에서도 얻을 수 없다.

그리고 나는 여전히 통통하다. 선생님은 내가 동작을 잘못해서 엉덩이와 허벅지 근육이 크게 발달했다고 여기시는데, 이게 4년 전에 비해 둘레가 7센티씩 줄어든 상태이자 내 역대 최저 둘레라고 하면 믿으시려나 모르겠다. 조선무 같은 종아리도 그 위용이 여전히 대단하다. 아무래도 현생에 공덕을 쌓아 다시 태어나지 않는 한 발레리나 같은 체형이 되기는 힘들 것 같다. 당연하게도, 세상엔 해도 안 되는 일이 있는 거다. 그래도 발레의 자세 교정 효과 덕에 승모근 아래 숨어 있던 목 1인치를 발굴하는 데 성공했고 옷 사이즈가 한 치수 줄었으니 뭐, 이 정도면 나쁘지 않다. 지금 와서 후회되는 한 가지는 남 눈치 볼 게 아니라 그냥 1년이라도 더 먼저 발레를 시작했더라면 하는 거다. 막상 첫날 수업에 들어가보니 나만큼 통통한 사람들이 대부분이었다. 아, 그때의 안도감과 허무함이란. 하여간 뭔가 하기 싫거나 두려울 때면 별별 이유를 다 끌어다 붙이는 게 인간의 게으른 천성이다.

발레하면 살 빠지나요

얼마 전 어머니 친구 분을 10년 만에 뵙게 됐는데 나더러 살이 정말 많이 빠졌다, 나이 들면서 오히려 더 예뻐진다며 놀라셨다. 빈말이 섞였을 그 칭찬에 기쁜 나머지 잠깐 정신줄 놓고 발레를 전도할 뻔했다. 발레를 하십쇼! 한 번만 배워보세요! 몸이 달라집니다! 내 경우엔 발레를 배우고 살이 정말 많이 빠졌다. 55반에서 66 정도였던 옷 사이즈가 55로 전격 고정되는 효과를 거뒀다. 발레를 배우면서 몸의 근육과 관절의 정렬이 달라졌고, 몸의 선이 바뀌었다. 책상 생활을 하면서 안으로 굽은 어깨 위로 올라와 있던 승모근이 내려가고, 앞으로 나온 거북목이 위로 올라갔다.

하지만 솔직해지자. 발레'만' 해서는 살이 빠지지 않는다. 힘든 수업이 끝난 다음에 보상 심리가 발동해서 기름지거나 달달한 걸 먹으면 말짱 도루묵이다. 체중 감량에서 중요한 건 역시 8할이 식단 조절이다. 내 경우엔 2년 차 때까진 저녁 술자리를 피하는 것 말고는 먹는 걸 조절하지 않았다. 맛있는 음식을 워낙 좋아하기 때문이다. 수업 10분 전 학원 앞에서 일본식 유부우동 한 그릇을 국물까지 뚝딱 비우고 들어갔다가 "왜 이렇게 윗배가 나온 것이냐"고 선생님께 핀잔을 들은 적도 있었다.
그러던 어느 날 높이 뛰었다가 두 다리를 벌리고 착지하는 '에샤페(échappé)' 동작을 하는데, 유독 안다리 살이 눈에 거슬렸다. 땅에 떨어질 때마다, 무겁게 흔들리는 주방용 짧은 커튼처럼 지방이 출렁거렸다. 진짜 안 되겠다 싶었다.

두 달 동안 독한 마음을 먹고 한 글자로 된 음식은 안 먹는 식단 조절에 들어갔다. 바로 밥, 빵, 면, 죽이다. 점심은 샐러드 도시락을 챙겨 다녔고 저녁은 요거트와 스트링치즈, 계란 등으로 대신했다. 대신 과일만 평소처럼 양껏 먹었다. 처음 한 달은 요지부동이던 허리가 어느 시점이 되자 쭉쭉 빠지기 시작했다. 발레를 시작한 이후 허리둘레가 8센티쯤 줄었는데 이중 5센티는 이때 식단 조절을 하면서 줄어든 것이다. 발레 수업 뒤 샤워로 땀을 씻어내고 냉동실에 잠깐 얼려둔 시원한 캔맥주 하나를 마시는 즐거움을 포기했다면 아마 더 줄어들었을지도 모르겠지만 즐겁자고 하는 취미인데 그 정도는 눈감기로 했다.

전공생 같은 체형을 가진 수강 친구 T의 말에 따르면 "체중이 1~2킬로만 불어도 다리를 뒤로 드는 아라베스크가 왠지 둔해지고, '허벅지 살 때문에' 다리 모양이 잘 안 나온다"고 한다. 역시, 발레를 하려면 마른 체형이어야 하는 것인가. 그러려면 밀가루 음식부터 죄다 끊어야 할 텐데, 사람 만날 일이 많은 직장인으로서 그건 참 쉽지가 않다.

1번 발, 2번 발이라는 게 있는데…

수업 첫날, 탈의실에서 꾸물거렸다. 진짜 속옷 안 입고 타이즈하고 레오타드만 입는 게 맞는 걸까? 망설이며 다른 수강생들 눈치를 봤다. 기초반을 수강하는 다른 이도 나와 똑같은 고민을 하는지 꽃무늬 팬티를 포기하지 못하고 안에 챙겨 입은 게 보였다. 그런데 반투명 타이즈에 꽃무늬가 그대로 비쳐 보였다. '안 입는 게 맞는 것 같군' 생각했다. 브래지어도 안 하는 게 정말 맞는 건가 끝까지 반신반의했는데 다행히 브래지어를 입은 사람은 한 명도 없었다.

다 갈아입고 거울을 봤다. 연습용 타이즈의 허리 밴드에 눌린 토실토실한 허릿살이 레오타드 위로 선명하게 도드라졌다. 상체와 하체를 완벽하게 가르는 분단 경계라니. 스커트라도 두르면 좀 나을 텐데 온라인으로 주문한 택배는 아직 도착 전이었다. 별 수 없이 입고 온 후줄근한 티셔츠를 다시 위에 걸쳐 입었다. 그렇게 스튜디오 안에 들어갔는데, 잠깐, 구석에 남자 수강생이 있었다. 이런 민망할 데가.

기초반 수업은 매트에서 스트레칭 20분, 바워크 50분, 센터에서 10분의 순서였다. 스트레칭은 고관절 스트레칭 빼고는 그리 어려운 편이 아니었다. 요가와 비슷한 동작도 꽤 많았다. 선생님의 시범을 따라 하면서 속으로 '음? 생각보다 만만한데?' 했다. 그러나 본게임은 시작도 전이었다.

"오늘은 개강 첫날이고 발레 처음 배우는 분들도 계시니까 팔과 다리의 포지션을 자세히 설명 드릴게요. 다리는 1번부터 6번까지의 자세가 있어요."

1번은 무릎이 바깥으로 향하도록 턴아웃한 상태에서 왼발 뒤꿈치와 오른발 뒤꿈치를 나란히 붙인다. 2번은 그 상태에서 어깨너비보다 조금 더 넓게 발 사이에 거리를 둔다. (3번은 요즘엔 많이 안 써서 넘어간다.) 4번은 턴아웃된 두 다리를 앞뒤로 놓는 자세고, 5번은 그 상태로 두 다리를 하나처럼 포개놓는다. 6번은 최고로 쉽다. 그냥 발을 평상시처럼 가지런히 모으면 된다. 선생님의 설명은 후루룩 지나가는데 내 머릿속에 남은 정보라고는 '1번 발, 2번 발이라는 게 있는데…' 정도였다.

"그리고 팔 자세에도 규칙이 있어요. 발레에서 팔은 딱 정해진 곳으로만 움직여요. 아무 데나 팔이 막 돌아다니면 안 돼요."

팔을 가슴 명치와 배꼽 사이에 모으는 건 '앙아방(en avant)'이다. 이마 위로 들어올리는 것은 '앙오(en haut)', 아래로 내리는 것은 '앙바(en bas)', 옆으로 길게 뻗는 것은 '알라스공(à la second)'이다.

이게 프랑스어라는 걸 눈치챈 건 첫 수업 이후 한 달쯤 지나서였다. 고등학교 때 프랑스어를 전공하고 졸업 후에도 한동안 프랑스어 학원을 다녔는데, 참 쓸모가 없구나 싶었다. 역시 선생님의 설명은 후루룩 지나갔고 내 머리에 남은 건 '팔 자세는 네 가지가 있다'뿐이었다.

"그럼 플리에를 배워볼게요. 이렇게 무릎을 천천히 구부렸다가 다시 천천히 올라오세요."

이후에는 그야말로 '멘붕'이었다. 규칙도 모르겠고, 용어도 모르겠고, 음악에 박자는 맞춰야 되겠고, 내 몸은 마치 광고용 바람인형처럼 움직였다. 다리 동작을 하면 팔이 공중에서 헛짓을 하고 있고, 팔 동작에 신경을 쓰면 다리가 엉뚱한 데로 가 있었다. 동작 순서를 몰라서 앞사람을 곁눈질로 보고 따라 했는데 알고 보니 앞사람도 틀렸다.

팔을 옆으로 드는 '알라스콩'을 1분 넘게 유지하고 있으려니 어깨가 빠질 듯이 아팠다.

"팔을 이렇게 빨래 비틀듯이 들어야지 팔뚝 뒤쪽 살이 빠져요. 그냥 들면 살 덜렁덜렁하는 거 보이죠?"

시키는 대로 들었더니 어깨가 더 아팠다.

다음은 바닥 위로 다리를 가볍게 들어올리라고(알고 보니 '데가제dégagé'), 다음은 한쪽 발로 다른 쪽 발목을 가볍게 감싸면서 톡톡 차라고('프라페frappé'), 다음은 다리를 크게 차올리라고('그랑 바트망grand battement') 했다. 물론 수업 당시에는 뭐라고 부르는지 하나도 귀에 들어오지 않았다.

그렇게 첫 80분 수업이 끝났다. 한정된 시간에 그토록 총체적으로 완벽하게 내 존재가 바보스럽다고 느껴지긴 처음이었다. 왜 부원장이 한 달 다녀보고 계속할 건지 결정하라고 말했는지 알 것 같았다. 역설적이지만 그날 발레에 빠졌다. 매력적이고도 만만찮은 퀴즈를 만났을 때처럼 도전 의식이 활활 불타올랐다.

사슴을 닮은 발레 친구 H를 처음 만난 것도 첫 수업이 있던 그날이었다. "원래 처음 배우면 이렇게 어렵나요?" 했더니 "그럼요, 저도 초급반 몇 달째 듣고 있어요"라고 따뜻하게 웃어주었다. 이후 H와는 수업이 끝나고 특별한 일이 없으면 함께 커피를 마시면서 발레의 희로애락에 대해 이야기하는 사이가 되었다. H가 밥을 챙겨주는 동네 길고양이들, 브리티시 락 음악, 집에서 기르는 화분들, 그리고 몸에 좋다는 지리산 구기자 같은 이야기들은 작고 따뜻한 위로였다. 수업 후의 그 대화가 없었더라면 대부분 좌절의 연속인 발레를 계속하기 어려웠을 것이다.

그 무렵 H는 "레벨1 수업 보니까 한 다리로만 회전 동작을 하더라고요. 으아, 그렇게 어려운 걸 어떻게 해요?" 하고 걱정했다. 그랬던 그가 요즘은 토슈즈를 신고, 그렇게 어려운 걸 어떻게 하는지, 그 '피케 턴(piqué turn)'을 한다. 좋아서 꾸준하게 하는 일의 무시무시함이라니….

남자도 발레할 수 있나요

탈모가 진행 중인 오십대의 그 남자는 매주 주말이면 갈색 폴리에스터 재질의 연습용 바이올린 케이스를 들고 발레 학원에 나타났다. 처음에 스튜디오 거울에 스쳐 지나가는 그의 모습을 봤을 때 나는 임대료를 수금하러 온 건물주 아니면 관리인인 줄로 알았다. 여초 구역인 학원에 장년 남성이 올 만한 다른 이유를 떠올리지 못했기 때문이다.

그런 그를 수업에서 만났을 때 나는 조금 당황했다. 등산용 레깅스와 흰 티셔츠를 입은 그는 사각 금테 안경을 쓰고 무표정하게 한쪽 구석에 자리를 잡고 있었다. 그는 다리 뒤쪽을 스트레칭할 때 유독 힘들어했고, 가끔은 참다못해 어금니를 악문 듯 신음했다. 청춘의 그때처럼 부드럽지 않은 관절과 근육은 그의 표정만큼이나 완고한 모양이었다.
하지만 그는 중간에 포기하는 적은 없었다. 마지막 '그랑 주테(grand jeté)' 순서까지 최선을 다해 진지하게 뛰었다. 그가 조금 우스꽝스러운 실수를 하더라도 누구도 함부로 웃을 수 없었다. 진심을 다한 최선이라는 걸 누구나 알 수 있었기 때문이다.
그는 수업이 끝나면 평상복으로 갈아입고 바이올린 케이스를 다시 들고는 말없이 서둘러 학원을 빠져나가곤 했다. 석양의 사내가 갑자기 발레와 바이올린을 배우게 된 계기는 무엇일까. 영화 〈셸 위 댄스〉처럼, 무료한 삶을 밝히기 위한 작은 불꽃이었을까.

또 다른 중년의 남성도 기억한다. 발레에 푹 빠진 아내를 따라 수강을 결심했다는 걸 보면 그는 아마도 대단한 애처가였던 모양이다. 수업에 올 때마다 그의 저지 셔츠와 수건은 땀으로 흠씬 젖었다. 본인이 발레를 몹시 재밌어하지 않으면 어려운 일이었다. 1년쯤 지났을 때, 그는 복부 비만이 거짓말처럼 사라졌고 열 살은 더 젊어진 듯했다.

발레 학원에서 남자 수강생을 만나는 건 자주 있는 일은 아니다. 몸에 꼭 달라붙는 레오타드를 비롯한 수업 복장 때문에 여성 수강생들은 아무래도 낯선 남학생이 나타나면 조금 경계하는 게 사실이다. 하지만 발레에 대한 그들의 솔직한 열정 앞에서 경계하는 마음은 봄눈처럼 녹아내린다. 여성보다 유연하지 않은 몸 때문에 시작부터 고생스러운데도, 안경에 김이 서리도록 동작에 몰입하는 걸 보면 나도 모르게 마음속으로 소리 없는 응원을 하게 된다.

그러니까 발레를 배우고 싶은 남자분이라면, 괜히 눈치보고 망설이지 않아도 좋다. 영국에서는 존 로우라는 90세 할아버지가 데뷔한 기록도 있다. 그는 반평생 미술 교사로 살다가 일흔아홉 살에서야 가슴속에 숨겨놨던 발레의 꿈을 펼치기로 결심했고, 부단한 연습 끝에 11년 만에 무대에 올랐다고 한다. 그는 2009년 당시 인터뷰에서 "음악에 맞춰 발을 세워 몸을 높이 올리는 건 황홀한 경험"이라며 발레를 예찬했다.

여기요! 미디엄, 미디엄 사이즈 갖다주세요!

카메라나 오디오처럼 세련된 장비를 다루는 취미와 달리 발레는 입문 단계에서 그리 많은 돈이 들지 않는다. 수업의 기본 복장인 레오타드, 타이즈, 스커트와 캔버스 재질의 연습용 슈즈만 구비한다면, 매달 학원비를 내는 정도다. 대신 몸으로 고생하면 된다. 권투나 레슬링과 더 가깝다.

레오타드는 팬티와 티셔츠를 하나로 결합한 형태의 옷이다. 프랑스의 곡예사 쥘 레오타르가 멋진 동작을 보여줄 때 몸에 걸리적거리지 않도록 니트 재질로 고안한 옷인데 현재는 보통명사로 통한다(프랑스에서는 묵음인 이름 끝 'd'를 대부분의 나라에서는 발음하기 때문에 '레오타드'가 됐다).

이 옷은 익숙해지기 전까진 영 민망하다. 맨몸 위에 팬티 타이즈를 입고 그 위에 입는 게 정석이기 때문이다. 그러니까, 갖춰 입지 않으면 버스 한 정류장 정도의 외출도 어색한 브래지어와 팬티를 생략해야 하는 것이다. 그래서 누드브라 같은 별도의 조치를 취하지 않으면 자연스럽게 젖꼭지가 레오타드 위로 드러나게 된다. 하지만 남녀노소 불문하고 양쪽 가슴에 모두 갖고 있는 게 그건데 뭐, 라고 시큰둥해하면서 내가 별다른 '은폐' 조치를 취하지 않는 건 특별한 신념이 있어서라기보다는 그저 수업 때마다 매번 챙기기가 귀찮아서다. 그리고 막상 수업에 들어가면 다들 자기 동작에 집중하느라 남의 몸을 볼 여유가 없다. 심리학자 대니얼 사이먼스와 크리스토퍼 셔브리가 진행한 '보이지 않는 고릴라' 실험의 상황과 비슷하다. 참가자 가운데 절반이 과제로 주어진 농구공 패스의 횟수를 세느라 가슴을 두드리며 농구장을 유유히 가로지르는 커다란 고릴라를 보지 못했다고 하지 않나.

첫 발레 수업을 앞두고 나는 장비를 사러 서울 삼청동의 레페토 매장으로 향했다. 매장 입구에 아름다운 튀튀가 걸려 있고, 한쪽 벽면은 아름다운 색깔의 레오타드와 워머, 이어진 다른 벽면은 다양한 사이즈의 연습용 슈즈와 포엥트 슈즈가 2층 높이로 가지런하게 짜인 작은 서랍들 속에서 기다리는 곳이다. 가슴이 두근두근했다. 두근거림의 절반쯤은 뭘 사야 할지 종잡을 수 없어 느끼는 당혹감이었다. 평소 튀는 걸 좋아하지 않아 피부 톤의 무난한 베이지색을 골라 들었더니 매장 직원이 완곡하게 만류했다. 그는 대신 "선명한 색이 좋겠어요. 진분홍색 레오타드를 입어보세요" 하며 스몰 사이즈를 꺼내주었다. 나중에야 알았지만 그 베이지색은 작품용 튀튀 안에 입는 속옷이었다. 하마터면 발레 학원의 바바리맨이 될 뻔했다.

매장 안쪽의 탈의실 커튼을 젖히고 들어갔다. 커튼은 대극장에 드리운 묵직한 포도주색 벨벳 재질이었다. 폭포처럼 쏟아지는 관객들의 박수에 못 이긴 듯, 발레리나들이 무대 인사를 하기 위해 가르고 나오는 그 커튼! 두근두근, 두꺼운 외투와 겨울옷을 벗고 레오타드로 갈아입기 시작했다. 그리고 전신 거울을 봤는데, 얼굴이 화끈했다.

나일론 스판 재질의 얇은 천이 재봉선을 시작으로 쫙 하고 터질 듯 위태로웠다. 설상가상으로 머리 위에서 떨어지는 조명은 볼록 나온 아랫배에 무자비한 그림자를 드리우고 있었다. 방금 전 뷔페에서 다섯 접시를 해치웠다거나 2백 그램짜리 소고기 안심 스테이크가 메인인 일곱 개 코스 요리를 앙트레부터 디저트까지 모두 해치우고 이제 막 커피를 마실 참이라고 해도 믿을 판이었다. 반쯤 올린 레오타드를 더 끌어올렸다간 파손 배상부터 해야 할 것 같았다. 어째서 내 체구를 보고서도 이 사이즈를 권했단 말인가. 나는 다급하게 점원을 불렀다. "여기요! 미디엄,

미디엄 사이즈 갖다주세요!”

레오타르 씨가 고안한 레오타드는 ‘몸을 돋보이게 만들’ 목적으로 만든 옷이라 몸매를 가리고 보정하는 기능은 기대할 수 없었다. 매장에 들어설 때의 들뜬 기분이 식은 수플레처럼 퓨우웅 가라앉았다.

옷을 골랐으니 신발을 살 차례다. 발레 수업에서 연습용 슈즈는 필수품이다. 캔버스 천에 가죽을 덧대서 동작할 때 충격을 줄이고 미끄럼을 방지한다. 바닥의 저항력을 높여서 발레에 필요한 근육 발달에도 도움을 준다. 초급반 때는 요가복이나 레깅스를 입어도 상관없는 학원들이 많지만 연습용 슈즈만은 안전상의 이유로 꼭 신어야 한다. 가죽으로 된 슈즈는 내구성은 좋지만 발 근육 힘이 약한 초심자들에게는 권하지 않는다고 한다.

내 발 크기는 245밀리니까 유럽 사이즈로는 37.5에 해당한다. 그런데 점원이 갖다준 신발은 꽉 끼어서 발가락을 펴기는커녕 옴짝달싹할 수 없었다. 39 사이즈를 신고서야 겨우 숨을 돌리니 발레 나라의 코끼리라도 된 기분이었다. 도대체 발레 나라 요정들은 체구가 얼마나 작고 가벼운 것인가. 나중에서야 레페토 연습용 슈즈가 다른 브랜드에 비해 사이즈가 작게 나오는 편이라는 걸 알고 '그럼 그렇지' 괜히 안심했다.

좀 쪼잔한 얘기지만, 발레 만 2년 차를 넘기고 체중이 좀 감소했을 때 은근한 설욕전을 펼치는 심정으로 레페토 매장을 다시 찾아갔다. 그리고 스몰 사이즈 레오타드를 입었는데, 맞춤옷처럼 몸에 착 붙었을 때의 그 기쁨이란. 태평양에서 정어리 떼를 만난 돌고래나 지를 법한 탄성이 터져나오는 걸 주먹으로 틀어막으며 혼자 기뻐했다.

사실 내 몸에 맞는 레오타드보다 고르기 더 까다로운 게 내 발에 맞는 신발이다. 레오타드는 공통적으로 합의 가능한 평가 지점들이 있다. 암홀이 작아서 겨드랑이 살이 눌린다거나, 몸통 길이가 길어서 겉도는 느낌이 든다거나, 가슴이 지나치게 파인 느낌이 든다 싶으면 다른 사이즈나 디자인을 택하면 된다. 그런데 발은 사람마다 모양이 다 다르다. 발바닥과 발가락 모양은 물론이고 발등과 발볼의 두께도 다 제각각이다. 걷는 방식이나 생활 습관에 따라 근육 발달에서도 차이가 난다. 한편 메트로나 카페지오, 산샤를 비롯한 많은 전문 브랜드마다 특징이 다르고, 브랜드별로도 제품 라인마다 스트레치 기능성부터 바닥 가죽 두께까지 또 다양하다. 유명하고 비싸대서, 남들이 좋대서 나한테 꼭 좋으란 법은 없다. 이 여러 조합에서 내 발에 꼭 맞으면서도 내가 선호하는 착용감의 신발을 찾으면 된다.

예로 상당히 고가였던 나의 첫 연습용 슈즈는 바닥 중심부를 부드러운 별도 재질로 디자인해 발등이 날렵하게 보이도록 돕고, 바닥 가죽도 더할 나위 없이 두껍고 튼튼하게 마무리한 아주 멋진 제품이었다. 발에도 분명 맞는 사이즈였다. 하지만 수업 때마다 30분쯤 지나면 발바닥이 쥐가 날 것처럼 아프기 일쑤였다. 까치발로 균형을 잡는 '를르베(relevé)'를 하면 발이 좌우로 흔들거렸다. 처음엔 내 실력 탓인 줄로만 알았는데, 알고 보니 살이 없는 편인 내 발과 맞지 않았던 것이었다. 만 3년이 지나 혹시나 지금은 신을 수 있을까 싶어 신어봤는데 예전과 똑같이 발이 아팠기 때문이다. 반면 요즘 즐겨 신는 슈즈는 가격은 그 절반 정도밖에 되지 않지만 발바닥 부분이 까매질 정도로 오랫동안 신고 있다. 1년 가까이 신었더니 발냄새가 좀 나서(여름에 특히 심하다) 가끔 신발 탈취제를 뿌려서 관리 중이다.

발레 용품과 관련해서 중요한 건 그래서 딱 한

가지인 것 같다. 내가 움직이고 싶은 대로 도와주는지 여부다. 전공자들도 취향에 따라 연습용 슈즈를 꼭 맞게 또는 헐렁하게 신고, 레오타드를 코르셋처럼 단단하게 또는 느슨하게 입기도 하기 때문에 정말이지 정답은 없다고 한다. 결국 경험을 통해서 나에게 맞는 것을 알아나가는 과정이 필요할 뿐이다. 경험은 시간을 통해서만 축적된다. 그래서 나의 옷장 안에는 더 이상 입거나 신지 않는 여분의 레오타드와 신발들이 차곡차곡 쌓이고 있는 것이다.

빌어먹을 유당불내증

유당불내증이 있는 나는 아이스 카페라테를 못 마신다. 그렇잖아도 소화가 안 되는 우유를 커피까지 섞어 차게 마시는 순간 배에 가스가 차면서 '방귀대장 뿡뿡이'가 되기 때문이다. 그래서 카페에서 커피를 살 때 꼭 "두유로 바꿔주세요"라고 추가 주문을 해야 한다.
아주 간혹 변경 주문을 잊을 때가 있다. 하루는 계산대 앞에 서 있는데 회사에서 부장한테 급한 전화가 왔다. 통화를 마치고 보니 내 손에는 고소한 흰 우유를 넣은 아이스 카페라테 한 잔이 들려 있었다. 5천 원짜리 커피를 그냥 버리자니 아깝기도 하고 우유는 정화되는 데 물이 상당히 많이 들기 때문에 별 수 없이 그냥 마시기로 했다.

몇 시간 뒤 발레 수업에 들어가려는데 이미 방귀가 뿡뿡 나오기 시작하고 있었다. 나는 갈등에 빠졌다. 수업 시간 중에 조용히 가스를 배출할 수 있을 것인가. 그런데 방귀라는 게 복불복이라 아까 뀔 때는 냄새가 안 났는데 이번에는 또 다를 수 있기 때문에 남의 귀에만 안 들린다고 되는 일이 아니었다. 최대한 괄약근에 힘을 주고 참아보는 수밖에 없었다. 하지만 수업 시작 30분쯤 지나자 가스가 찬 아랫배가 동그랗게 부풀어 오르면서 슬슬 아프기 시작했다. 식은땀이 흘렀다. 이 정도로 가스가 찼다면 힘이 많이 들어가는 큰 동작을 할 때 나도 모르게 방귀를 뀔지도 모를 일이었다. 이 같은 사태를 방지하려면 '중간 배출'을 해야겠다 싶었다. 진짜 더 참으면 위험하다 싶어졌을 때 후다닥 화장실로 달려갔다. 하지만 막상 안전한 공간을 확보하니 방귀는 나오지 않았다. 괄약근이 너무 긴장한 나머지 내 뜻대로 움직이지 않는 것이었다. 아랫배를 꾹꾹 눌러봐도 아프기만 할 뿐 방귀는 고집스럽게 나오기를 거부했다. 3분쯤 시도하다가 포기하고 다시 수업에 들어가면서 '괄약근아, 마지막까지 힘내렴' 응원하는 수밖에 없었다.

발레하는 시바견을 그린 웹툰 〈시바리나〉에서도 방귀에 관한 에피소드가 나온다. 선생님이 무릎을 꿇고 바 동작을 교정해주고 있는데, 그 얼굴에 자기도 모르게 방귀를 뀐 한 학생의 실화다. 세상에, 이렇게 웃긴데 무서운 얘기라니. 그날 수업이 끝나고 집에 가는 길, 한적한 골목에서 드디어 나는 편안하게 길고 긴 방귀를 뀔 수 있었다. 내 안에 이 정도로 많은 가스가 차 있었다니 인간 부탄가스 캔이라도 된 것 같은 기분이었다. '당분간은 두유라테든 우유라테든 마시지 말아야지.' 그리고 어느 날 점심에 크림 리소토를 먹었는데…. 부풀어 오르는 배가 진정되기까지는 약 24시간이 걸린다는 걸 확인하게 되었다. 빌어먹을 유당불내증 같으니라고.

좀 찢어드릴까요

"언니! 나랑 스트레칭 내기해요!"

수업이 끝나고 다리 스트레칭을 하는데 T가 제안했다.

"이렇게 다리를 앞뒤로 한 상태에서 몸을 더 뒤로 많이 기울이는 사람이 이기는 걸로요!"

T와는 지난봄에 한차례 내기를 했다가 코페르니쿠스적인 발상에 무릎을 꿇은 적이 있었다. 내기의 주제는 '누가 커트머리를 빨리 길러서 올림머리로 묶을 것인가'였는데, 내가 고지식하게 머리털 빨리 자라는 데 좋다는 영양보조제를 챙겨먹고 있을 때 그는 학교 앞 노점에서 2천 원짜리 부분가발을 사서 붙이고 나타났다.

옆에서 듣던 M 언니가 만류했다.

"얘, 넌 이십대고 민영 씨는 나이가 있는데 그러면 안 되지. 시작부터 너무 불공평하잖아."

"아, 그런가요?"

T가 멋쩍게 하하 웃었다.

나이 들어서 발레를 배우니 어려운 점 중 하나가 몸이 그리 유연하지 않다는 거다. 발레를 전공하는 소녀들은 뒤통수가 엉덩이에 닿을 듯이 몸이 휘어지지만 나는 아무래도 이번 생에는 글렀다. 근육도 뻣뻣하고 관절도 뻣뻣해서 요즘은 앉았다가 일어날 때 나도 모르게 에고고 소리를 내고는 나이를 실감하곤 한다. 그래서 다리찢기 스트레칭을 할 때마다 매번 내면의 갈등에 빠진다. 어찌 된 일인지 그놈의 스트레칭은 매일 해도 매번 똑같이 아픈데, 얼마나 해야 다치지 않는 범위인지 종잡을 수가 없다. 예전에 요령 없이 무리하게 했다가 한동안 관절에 주사를 맞는 고생을 했더니 이제는 조금만 아파도 지레 겁을 먹고 스스로에게 관대해지기 일쑤다.

초급반 수업에서 가장 먼저 하는 게 스트레칭이다. 근육이 길게 늘어나고 관절의 가동 범위가 커지는 만큼 몸을 좀 더 자유롭게 움직일 수 있기 때문이다. 기분상으로는 뻣뻣한 가죽을 무두질해서 부들부들하게 만드는 과정처럼 느껴진다. 물론 무두질을 당하는 몸은 고통스럽다.

"무릎 뒤를 쭉 편 상태에서 상체를 최대한 길게 뽑아내는 기분으로 배꼽을 허벅지에, 코를 무릎에 붙이세요. 숨을 내쉬면서, 후우."

시범을 보이는 선생님이 마치 〈빈사의 백조〉 마지막 장면처럼 우아하게 상체를 앞으로 뻗어 몸을 폴더처럼 접는다. 하지만 뻣뻣한 나는 배꼽과 허벅지 사이 한 뼘의 거리를 아무래도 좁히질 못한다. 이럴 때는 힘으로 해결한다. 발을 손으로 잡고 상체를 당기는 거다. 어깨 근육이 헐크처럼 솟아오르면서 다리 뒤쪽 햄스트링이 찌릿찌릿하다. 숨을 한 번 크게 내쉰다. 우아하진 않지만, 어쨌든 접었다.

"자, 이번엔 앉아서 다리를 옆으로 하고 상체를 최대한 앞으로 보내세요. 중요한 건, 머리나 가슴 말고 '배꼽'을 땅에 붙이는 거예요. 그래야 고관절이 펴져요."

하지만 사람마다 생긴 얼굴이 다르듯이 골반과 고관절의 형태도 다 다르다. 누구나 180도씩 쫙쫙 찢을 수 없는 게 당연하다. 나는 최대 각도로 다리를 벌려도 대충 150도 정도인데 이마저도 통증 때문에 미간이 절로 찡그려진다. 이승환은 "내 생에 단 한 번만이라도"라며 덩크슛 성공을 기원했지만 나는 단 한 번만이라도 '옆찢기 180도'를 제대로 해내고 싶다. 상체를 앞으로 숙였지만 배꼽은 바닥에 안 닿는 대신 아래로 처진 말랑한 아랫뱃살이 먼저 바닥을 느낄 뿐이다. 뱃살에 배꼽이 달려 있으니 대충 배꼽이 닿은 셈 칠 정도로 나는 뻔뻔하지 못하다.

게다가 책상 앞에서 종일 앉아 일한 날이면 상체의 무게에 짓눌렸던 고관절은 『오즈의 마법사』 속

양철 나무꾼(도로시가 기름칠해주기 전의)처럼 뻣뻣하기 이를 데 없다. 아, 어른이 된다는 것은 무엇인가. 180도 다리찢기가 가능한 고관절의 유연성을 영영 잃어버린다는 뜻이다. 게다가 고관절과 스트레칭은 안중근 선생과 독서와의 관계와도 같아서 하루라도 거르면 예전의 빽빽한 상태로 돌아가 시치미를 뚝 뗀다. 정직한 몸, 진짜 얄밉다.

스트레칭은 혼자 할 때는 빨리 늘지 않는다. 대체로 사람은 자기 자신에게 제일 관대하기 때문이다. 객관적으로 내 몸을 관찰해서 한계를 넘도록 힘껏 도와줄 누군가가 필요하다.

옆찢기 각도가 아무래도 잘 안 나온다 싶던 어느 날이었다. '엄마 발레'라는 별명이 붙었을 정도로 자애로우신 H선생님이 수강생 한 명씩 친히 지도에 나서셨다. 벽에 등을 대고 앉으면 선생님이 발로 안쪽 허벅지를 밀어서 각도를 늘린다. 내 차례가 다가오는 것을 보는 심정은 초등학교 1학년 때 단체 예방접종 순서를 기다릴 때와 비슷했다. 내 다리를 밀어보던 선생님께서 뻣뻣해서 혼자 힘으로는 안 되겠다며 다른 수강생을 불러 다리를 '한쪽씩' 맡아 밀기 시작했다.

“앗! 저! 선생님! 잠깐! 아! 아악!”

1초가 1분 같고 1분이 1시간처럼 느껴지는 순간, 관자놀이에 핏대가 서고 붉어진 얼굴은 패배 직전의 프로레슬러 같다. 그래도 이 고비만 넘기면 괜찮아지겠지 하고 견디는데 선생님이 이번에는 내 팔을 잡아 앞으로 당기면서 강도를 더 높이는 게 아닌가. 역시 자애롭다고 마음이 약한 것은 아니다. 아, 무자비하며 은혜로운 H선생님. 그날 이후 옆찢기 각도가 10도쯤 늘었다.

하루는 늦은 수업이 끝나고 마무리 스트레칭을 하는데 원장 선생님이 남아 있던 수강생들을 다시 홀로 불러들였다. 나는 무슨 일인지 영문도 모르고 따라 들어갔다가 아차, 싶었다.

공포의 ‘누운 개구리’ 스트레칭 타임이 온 것이다. 고관절 유연성을 늘리는 데 효과 만점이지만 조선 관아의 주리 틀기와 맞먹을 수준의 통증을 경험할 수 있는 스트레칭 끝판왕이다. 스모 스쿼트 자세로 누워 있으면 선생님이 안쪽 허벅지를 밟고 위에 선다. 게다가 원장 선생님은 부상자가 아니라면 봐주는 법도 없다. 정말 진지하게 도망갈까 기회를 엿봤지만 틈은 보이지 않았다.

제일 먼저 학원의 '만렙' 수강생이 나섰다. 워낙 조용한 분이라 1분의 시간 동안 자신의 얼굴을 손수건으로 덮고 견디신다. 이어 또 다른 '만렙' 수강생의 순서다. 얼굴을 약간 찡그릴 뿐 역시 아무 소리가 나지 않는다. 하지만 '쪼렙'인 나는 시작도 전에 저기 선생님, 무리하게는 하지 말아주세요, 라고 읍소를 거듭하고 입에 수건까지 물었다. 그러고도 고관절의 인대와 근육이 늘어나는 순간부터 스튜디오가 울리도록 비명을 질렀다.

뭐, 너무 아프면 비명을 지르는 건 차라리 좋다고 한다. 비명을 지르면서 숨을 내쉬기 때문에 어찌됐든 몸을 조금 더 이완할 수 있다나. 하지만 여기는 어디고 나는 누구고 지금이 낮인지 밤인지 모를 위기의 순간이 지나 굴러서 엉금엉금 일어날 때면, 내심 부끄러워진다. 좀 더 의연했더라면 좋았을걸. 매번 이게 뭐람. 스트레칭 때 제일 아픈 순간은 내가 넘을 수 없다고 생각하는 지점에서 근육이 조금 더 늘어나는 바로 그 짧은 순간에 그치기 때문이다. 하지만 스트레칭 할 때는 그런 초연한 생각 따윈 들지 않는다. 모 선생님 말씀에 따르면 남학생들은 이런 스트레칭을 하다가 스승한테 자기도 모르게 욕을 할 때도 있다고 한다. 다들 혼이 쏙 나가버리는 거다.

열정적인 수강생들이 모인 학원에서 스트레칭은 수업 시간만으로 끝나지 않는다. 스트레칭은 몸이 따뜻할 때가 최적기라 계절상으로는 여름, 시간상으로는 수업 후가 제일 잘된다. 근육을 늘리고 쥐어짜고 다리가 후들거릴 정도로 점프를 뛰느라 레오타드가 땀으로 흠뻑 젖었을 때, 마치 대장장이가 한껏 달궈진 쇳덩이를 망치로 두드려 형태를 빚어내는 것처럼 스트레칭으로 몸의 근육을 가늘고 유연하게 늘여나가는 것이다.

하지만 해사하고 다정한 미소를 머금은 수강생들끼리 "좀 찢어드릴까요?"라고 말을 걸어올 때는 기쁘고 고마운 마음이 8할이긴 해도 나머지 2할은 스릴러 영화의 프로타고니스트가 악당으로 반전하는 장면처럼 으스스한 느낌이 드는 건 어쩔 수가 없다. 타인이 조금씩 발전해가는 것을 보며 기뻐하는 순수한 이타심과 타인의 고통을 보며 즐거워하는 가학 심리가 미묘하게 공존하는 건 아닐까 싶기도 하다. 말하자면 사람들이 〈하우스〉를 비롯한 의학 드라마를 보면서 환자가 회복하는 해피엔딩을 기대하면서도 환자의 고통에서 눈을 떼지 못하는 것과 비슷할지 모른다.

하여간 선의로 일부러 시간을 내서 도와주겠다

는데도 내 몸은 본능적으로 고통을 거부한다. 배꼽이 땅에 닿도록 뒤에서 등 아래쪽을 누를 때 내 두 팔은 방죽을 지지하는 두 개의 나무기둥처럼 꼼짝도 안 하고 제자리에서 버티기에 들어간다.

"팔에 힘 좀 빼셔야죠. 그래야지 내려가요."

그제야 "아참, 그렇죠"라며 숨을 후우 내쉬면서 엉금엉금 앞으로 손을 뻗으면 상체가 점점 땅에 가까워지고 다리 안쪽 근육이 늘어난다. 어떻게 하루만 걸러도 이놈의 스트레칭은 이렇게 아픈 것인가. 그래서 유연한 사람들을 보면 부럽기만 하다. 스트레칭 밴드를 두 발 끝에 걸치고 뒤에서 다리를 잡아당기며 180도를 넘기거나, 폼롤러 위에 발목을 얹고 엎드린 뒤 위에서 골반을 누르는 극한의 스트레칭까지 가능한 이들을 보면 정말 부럽다.

이렇게 아파 죽는 스트레칭인데 또 며칠 안 하면 온몸이 찌뿌둥하다. 하루까지는 몰라도 이틀을 거르면 머리를 안 감은 것처럼 찝찝하고, 사흘을 거르면 거의 변비나 다름없게 느껴진다. 지난 가을 베를린 출장 때가 아주 고역이었다. 환승 포함해 이코노미석 왕복 비행 시간이 만 하루를 넘는 데다, 시차 때문에 아침에는 기사를 쓰고 낮에는 돌아다니고 밤에는 잠이 안 오길 사흘쯤 반복했더니 허벅지 근육이 꼭 굳은 밀가루 반죽이 된 것 같은 느낌마저 들었다. 그래서 다크 서클이 축 내려온 판다 눈을 하고 호텔 피트니스 센터를 찾았다. 매트 위에서 30분간 땀을 흘린 뒤의 그 시원함이란. 온몸에서 독일 맥주의 탄산 기포가 팡팡 터지는 기분이랄까.

사실 스트레칭은 그 자체만으로도 굉장히 매력적이다. 노력한 만큼 결과가 정직해서다. 한 수강생은 1년 전 발레를 처음 배우기 시작할 무렵에는 다리 찢기 각도가 110도쯤에서 고전했는데, 얼마 전에 보니 거의 160도까지 늘어나 있었다. 다들 "와, 진짜 되는군요"라며 함께 기뻐했다. 세상에 애쓰고 노력한 만큼의 결과가 돌아오는 일이 그리 흔하지 않다는 '세상의 쓴맛'을 아는 어른에게, 스트레칭의 고통이 보장하는 '달콤한 끝맛'은 바로 지금 내 몸을 통해서만 얻을 수 있는 소중한 성취감이 된다. 하여간 스트레칭이 습관이 되면 자려고 침대에 누웠다가도 다리 하나 번쩍 들어 코앞까지 붙여보고 "어허, 시원하다" 같은 감탄사를 내뱉게 되는 것이다. 나도 이제 잘 시간이 됐으니 옆찢기로 배꼽 한번 땅에 붙여봐야겠다. 아랫뱃살 말고.

자가 마사지 소도구 열전

발레 수업 전에 자가 마사지를 하면 근육 속 혈류를 원활하게 할 수 있고, 마친 뒤에 하면 뭉친 근육과 굳은 근막을 푸는 데 도움이 된다. 자신의 몸무게를 싣는 것만으로도 마사지가 되는 소도구 몇 개만 갖춰놓으면 운동 능력을 개선하는 데도 효과를 볼 수 있다.

가장 기본적인 게 폼롤러다. 입문 단계에서는 약간 말랑말랑한 EVA 소재를 많이 쓴다. 이게 익숙해지면 더 단단한 EPP 소재로 넘어간다. 돌기가 돋은 폼롤러는 강한 마사지 효과가 있지만, 구입 후에 실제로 사용한 횟수는 그리 많지 않았다. EPP 폼롤러만으로도 근육이 충분히 풀리는 느낌이다. 40센티 남짓의 짧은 제품은 휴대성이 좋지만 집에 구비해놓고 쓰기에는 90센티 대의 긴 제품이 더 낫다. 폼롤러 위에 허벅지를 얹고 근육의 힘을 적당히 푼 상태로 위아래로 움직이다 보면 뭉친 근육이 부드러워진다. 처음 할 때는 "응? 별 느낌 없는데?"로 시작하지만 1분쯤 지나면 내가 내 몸을 고문하는 것 같은 기분이 든다. 수강생들끼리는 '근육을 뺀갠다'는 표현을 쓴다.

폼롤러는 큰 근육을 이완하는 데 좋지만 좀 더 작은 근육들을 풀기 위해서는 그에 맞는 작은 도구들이 필요하다. 그중 마사지볼은 취미 발레인이라면 하나쯤 갖고 있는 도구다. 손가락으로 눌러 마사지하기 귀찮거나 악력만으로 부족할 때, 그저 공을 깔고 앉거나 누워 움직이면 된다. 생긴 게 귀엽다고 얕보면 곤란하다. 허벅지 옆쪽이나 안쪽을 공으로 마사지할 때는 눈물이 찔끔 날 정도다. 개인적으로 좋아하는 마사지볼은 ADS 브랜드에서 나온 보라색 돌기 모양의 공이다. 아픈 걸 꾹 참고 종아리 뒤와 옆을 20~30차례 정도 밀면 뭉쳤던 종아리가 시원하게 풀린다.
지름 4센티짜리 탱탱볼 또는 얌체공은 원래 어린이 장난감이지만 '마사지 요정'으로서 효과 만점이다. 종아리 아래에 깔고 위아래로 움직이거나, 발을 올려서 지압점을 자극하거나, 골반뼈 안쪽 깊숙한 엉덩이 근육을 푸는 데 상당히 유용하다. 어린 아들을 둔 수강생 분이 "우리 집에 많다"며 선뜻 나눠주셔서 지금껏 잘 쓰고 있다.

종아리에 '알'이 생기는 걸 방지하는 마사지 도구로

한 수강생 분은 나무 재질의 홍두깨를 추천했다. 지름 3~4센티의 봉을 한쪽 다리 종아리와 허벅지 사이에 끼고 앉은 다음 봉을 좌우로 누르면서 종아리 근육을 푸는 것이다. 내가 경험한 바로는 종아리 마사지 중에서 최고의 강도라 눈물이 찔끔 났다. 이렇게 근육을 풀어주지 않으면 종아리가 굵어진다고 한다.
이 같은 기본적인 아이템 외에도 각종 신상품들이 나올 때면 수강생들끼리 앉아서 돌려 써보며 효과를 테스트해보기도 한다. 하지만 역시 기본 중 기본은 폼롤러와 마사지볼이다. 신체 부위 및 자신의 근육 상태에 따라 적합한 경도의 제품을 찾기를.

오늘은 꽤 깊은 그랑 플리에를 하고 있구나

발레에 빠져들면서 생활이 발레를 중심으로 공전하기 시작했다. 시력교정수술이 그랬다. 초등학교 2학년 때부터 안경은 오랫동안 내 몸의 일부였다. 어쩌다 안경 대신 콘택트렌즈라도 끼는 날이면 얼굴에 옷을 안 입은 듯 어색해 아이섀도라도 칠할 정도였다. 하지만 발레를 배우기 시작하면서 이대로는 안 되겠다 싶었다. 몸을 앞으로 숙였다 뒤로 젖혔다 한 바퀴 돌면 안경이 제자리에 붙어 있질 않았다. 5분마다 한 번씩 안경을 올려 쓸 수는 없는 노릇이었다. 큰 맘 먹고 적금 하나를 깨서 라식수술을 하러 갔다. 의사가 각막 두께를 재보더니 라식수술을 두 번은 해도 될 정도로 각막이 튼튼하다고 감탄했다. 근육만 돼지인 게 아니라 각막도 돼지구나.

그뿐만이 아니었다. 티셔츠 한 장을 살 때도 발레할 때 입으면 예쁘고 편한 옷인지 한 번 더 살펴보게 되고, 사용하는 소셜 미디어도 발레 동영상이 많다는 이유로 인스타그램으로 갈아타게 되고, 해외 출장을 가게 된 도시에 이름난 발레 용품점이 있으면 짬을 내서 들르게 되고, 아이돌 공연표 구입 '클릭' 전쟁만큼은 아니지만 좋아하는 발레 공연의 좋은 자리 표를 사려고 판매 오픈 시간을 달력에 꼭꼭 적어놓고 전날부터 '내일이 그날이다'를 다짐하는 것이다.

그러니 "내가 무릎을 꿇었던 것은 추진력을 얻기 위함이었다!"라는 김성모 화백의 클래식 짤방을 보고 발레의 플리에를 떠올린 것도 그리 엉뚱한 건 아니었을 거다. 볼트맨이 라이벌 앞에 굴복하듯 몸을 수그렸다가 뛰어오르며 불의의 일격을 날리는 장면인데, 플리에하고 이치가 같았기 때문이다.

체육관에서는 스쿼트를 하지만, 발레에서는 '플리에(plié)'를 한다. '구부린'이라는 뜻의 프랑스어로, 발레 바워크에서 가장 먼저 하는 동작이다. 보기에는 느리고 평온한데 실제로는 5분만 해도 땀이 뻘뻘 난다. 짧은 시간에 온몸의 근육에 숨을 불어넣으면서 따뜻하게 데우는 데 이만한 게 없다.

"여러분, 무릎 바깥쪽으로 더 보내세요. 이거 스쿼트 아니에요. 그렇게 하면 허벅지 앞쪽 근육 커져요."

느린 피아노곡에 맞춰 플리에를 할 때 선생님은 이렇게 주의를 주곤 한다. 주문 사항은 더 이어진다.

"상체를 위로 끌어올리면서 풀업하세요. 상체가 뒤로 기울거나 앞으로 기울지 않게 하세요."

그리고 하나 더.

"엉덩이 뒤로 빼지 마시고요."

이게 말이 되는 소리인가. 첫 수업 때는 적잖이 당황했다. 사람이 쭈그려 앉는데 어떻게 엉덩이가 뒤로 빠지지 않을 수 있다는 건가. 오른발과 왼발을 앞뒤로 포개는 5번 발 자세에서 그랑 플리에로 쭈그려 앉은 순간 나는 휘청거리면서 무릎을 꿇고 말았다.

언뜻 보기에는 스쿼트와 비슷하지만 플리에는 쓰는 근육이 많이 다르다. 실제로 첫 수업 다음 날 마치 북한산 정상에라도 다녀온 것처럼 허벅지가 뻐근했다. 예전에 김주원 전 국립발레단 수석 발레리나가 고전발레 하다가 현대발레를 하면 몸이 욱신거리고 아프다고 얘기한 기억이 났다. 우리 몸은 정말 많은 종류의 근육들로 이뤄져 있고, 내가 평소에 거의 사용하지 않는 근육들이 꽤나 많구나 싶었다. 그동안 몸이라고 하면 대충 팔, 다리, 허리, 어깨, 배 정도로 '뭉텅이'로 대충 인지하면서 살았으니, 정육점에서 고기 살 때 요리용 부위 따지는 것보다 더 무심했을 거다. 마음은 최선을 다해 분석하고 돌아보고 예민하게 가꿔온 반면 몸의 세밀한 부분에는 왜 그렇게 관심이 없었을까. 몸보다 정신을 더 위에 두는 가치관을 가지고 있던 건 아닐까.

이런 얘길 털어놨더니 나이 지긋한 어느 박사님

이 깔깔 웃으면서 말씀하셨다.

"몸으로 창조하고 생산하는 활동을 우습게 여기는 사람들은 오히려 정신에 집중하다 못해 우울하게 자기 자신을 파먹지 않나요. 하지만 진짜 세상을 움직이는 사람들은 단순한 생의 원칙에 따라 부지런히 몸을 움직이지요. 몸이 진짜예요."

피트니스를 비롯한 일반적인 운동에서 쓰는 근육이 '겉근육'인 반면 발레나 요가에서 강조하는 근육은 뼈와 관절 바로 옆에 붙은 '속근육'이다. 어깨 잡고 흔들면 부러질 듯 가녀린 발레리나들이 높이 뛰어오르고 다리를 귀 옆까지 차올리고 한쪽 발끝을 축으로 서서 다른 쪽 발을 올려 크게 흔들면서 회전하는 '푸에테(fouetté)'를 10회전 이상 할 수 있는 건 훈련을 통해서 근육을 길고 가늘고 단단하게 만든 덕분이라고 한다. 두껍고 울퉁불퉁한 근육이 겉으로 드러나지 않아도 충분히 강하다.

반면 나는 근육 부피는 컸지만 속근육 힘이 형편없었다. 둘레로는 클래스 으뜸인 내 허벅지는 뺑과자나 다름없었다. 플리에를 할 때마다 너무 힘이 들어서 매번 두개골을 비롯한 상체 토르소가 인체에서 얼마나 많은 무게를 차지하는지 실감이 났다. 발레는 우아한 춤인데 나는 그와 백만 광년쯤 멀었다. 바를 잡고 버둥버둥 올라오기 일쑤였다. 특히 2번 그랑 플리에를 할 때는 거울 속의 나 자신을 보기가 괴로웠다. 스모 선수의 준비 자세나 봉산탈춤의 한 장면이라고 해도 그럴 법한 자세인데, 복장은 몸에 꼭 달라붙는 핑크색 타이즈에 레오타드를 입고 있으니…. 낫토를 얹은 초콜릿 와플이나 두리안을 넣은 김치 같은 '괴식'의 몸 버전이랄까.

처음엔 시간이 지나면 그래도 나아지겠지 했다. 그런데 두 달이 지나고 세 달이 넘어도 플리에 동작은 나아질 기미가 보이지 않았다. 역시 나이 들어 발레를 배우는 건 무리였을까, 조금 상심해 있을 때 다정한 Y언니가 얘기해줬다.

"발레나 필라테스 같은 운동은 전에 안 쓰던 속근육이 자랄 때까지 6개월은 기다려야 하는 거야. 근육이 자라고 힘이 생기면 그때서야 동작을 제대로 할 수 있게 돼. 지금 되지 않는대서 너무 속상해할 필요는 없어."

그리고 정말 신기하게도 6개월을 넘기면서 동작이 덜 힘들어졌다. 그러니까, 잘하고 싶은 마음이 굴뚝같더라도 몸이 따라올 때까지 조급해하지 말고 꾸준하게 계속하는 끈기가 필요했던 거다. 일본어 입문 단계의 첫 고비가 가타가나이고, 프랑스어 입문 단계의 첫 고비가 동사 격변화인 것처럼, 발레 입문 단계의 고비는 아마 이때이지 않을까. 내 몸이 내 뜻대로 움직이지 않더라도, 그런 몸이 마음에 들지 않더라도, 계속 노력하길 포기하지 않는 기다림의 시간 말이다.

하지만 플리에는 여전히 제대로 하기 어렵다. 요즘도 오리 궁둥이를 교정하는 게 제1과제다. 골반이 살짝 뒤로 빠져 있는 체형이기 때문이다. 하루는 바에서 플리에를 할 때 엉덩이가 뒤로 빠지는 걸 보다 못한 원장 선생님이 뒤에 서서 손가락으로 꼬리뼈를 살짝 누르고는 이 상태에서 그대로 플리에 했다가 일어나라고 한 적이 있다. 그때 무슨 최면에라도 걸린 것처럼 제자리에서 꼼짝도 못했는데, 허벅지 안쪽 근육을 쓰지 않아서 그렇다고 했다. 잘못된 자세를 교정하는 건 새로 배우는 것 이상으로 어렵다. 머리로는 아는데 몸은 더디고, 마음이 급하면 몸에 밴 나쁜 습관이 튀어나온다.

발레에서 플리에 동작은 산소나 마찬가지다. 처음 바에서 플리에를 배울 때는 그저 근육 단련용이겠거니 했는데 배울수록 센터의 모든 동작이 플리에 없이는 불가능한 것을 알았다. 높이 날아오르고 부드럽게 내려앉는 모든 동작의 앞뒤에 플리에가 빠지지 않았다. 플리에가 잘되는 다리는 마치 용수철과 같다. 크고 우아하게 뛰어오를 수 있고, 아무리 무거운 몸이라도 바닥에 사뿐히 착지할 수 있도록 충격을 흡수한다. 이때 엉덩이 위쪽부터 허벅지, 종아리, 발까지 모두 바깥쪽으로 나선을 그리듯 최대한 근육을 회전시키는 '턴아웃'을 해야 한다. 물론 이렇게 이론을 줄줄 읊는다고 내가 이걸 모두 해낸다는 건 아니다. 이론과 실기는 완전 다른 얘기다. 얼마 전에는 겅중겅중 신나게 점프를 뛰는데 원장 선생님이 말씀하셨다.

"점프에서 중요한 건 얼마나 높이 뛰느냐가 아니라, 얼마나 플리에를 많이 하느냐예요. 플리에가 점프의 시작점이거든요."

선생님은 내가 플리에를 충분히 하고 있지 않다고 지적했다. '음? 네?'라는 표정을 지으며 어리둥절해하니까 원장 선생님이 이만큼은 해야 한다며 점프할 때 몸을 잡아서 아래로 누르는데, 와, 사람이 이렇게 무릎을 구부리고도 위로 뛸 수 있다고요? 에이, 설마 농담이겠죠.

물론 농담이 아니었다. 점프 동작을 할 때 선생님은 적당히 뛰어도 우아한데 나는 제주목장에서 기운을 주체하지 못해 히히힝 뒷발 차는 청소년 망아지처럼 보이는 건 '플리에 부족' 때문이었다. 위로 뛸 생각만 하니까 아래로 충분히 낮아지질 못하는 거다.

특히 점프했다가 착지할 때 플리에를 제대로 안 하면 쿵 소리가 난다. 몸무게와 상관없다. 체중이 무거워도 무릎을 제대로 구부려서 충격을 흡수하면 소리가 거의 나지 않는다. 하지만 플리에를 잊은 날이면 정강이뼈와 무릎이 하루 종일 시큰거린다. 늦은 나이에 발레 배우느라 고생이 많은 나의 관절과 연골들에게 미안한 노릇이다. 발레 배우다가 상비약으로 '트라*트'나 '케*톱'을 챙기게 되는 일만큼은 피하고 싶다. 발뒤꿈치를 다쳤다고 상상하고 발가락부터 땅에 조심스럽게 디디라고 하는데, 그게 참 마음대로 되지 않는다. 위로 겅중겅중 뛸 때 자꾸 위만 바라보게 될 뿐, 아래로 내려올 때의 일을 좀처럼 생각하지 못하는 초짜라서 그런가 보다.

플리에는 스스로를 높이겠다는 마음으로는 스스로 높아지지 않는 삶과 참 많이 닮았구나, 생각할 때가 있다. 내려올 수 있는 힘이 없다면 올라갈 수 있는 힘도 나오지 않는다. 나는 바워크의 플리에를 하면서 가끔 불전에서 108배를 하는 기분이 들곤 한다.

나 자신을 최대한 낮춤으로써 사실은 스스로를 강하게 만든다는 점에서 닮아 있기 때문이다.

누구나 인생에 '플리에'의 순간이 있는 게 아닐까. 낮아지고, 떨어지고, 주저앉는 순간들 말이다. 원하던 일을 얻지 못했을 때, 추진하던 프로젝트가 어그러졌을 때, 사랑이 어긋났을 때, 누군가에게 거절당했을 때, 그건 넘어지는 게 아니다. 그저 각자의 '플리에'를 하는 거다. 높이 뛰어오르는 순간이 있으려면 플리에를 꼭 거쳐야 하고, 내려와야 할 순간에도 플리에는 꼭 필요한 거니까. 그래서 나는 자존감이 바닥을 치는 날에는 '오늘은 꽤 깊은 그랑 플리에를 하고 있구나' 생각하곤 한다. 플리에 같은 그 시기를 잘 지난다면, 인생의 속근육도 자라는 것이겠지.

발레리나들은 왜 껴입나

취미 발레 학원이지만 가끔 전공생들을 만날 수 있다. 팔다리가 길쭉길쭉하고 점프를 슉슉 뛰며 턴아웃이 완벽하고 상체를 90도 이상 젖힐 수 있다면 어김없이 현 전공생 또는 전공생 출신이다. 움직임이 매우 아름답기 때문에 좀처럼 눈을 뗄 수가 없다. 그래서 대놓고 쳐다보는 결례를 저지르지 않으려면 상당히 조심해야 한다.

하루는 무더운 초여름인데 전공생 A가 수업 때마다 두꺼운 핑크색 점프수트 땀복을 덧입고 왔다. 전공자들이 워머를 껴입는 건 대충 들어서 알고 있었지만 저러다 열사병이라도 걸리는 게 아닐까 걱정됐다. A에게 괜찮냐고 물었더니 몸무게를 빼야 해서 그런단다. "여름 지나기 전에 5킬로쯤 빼야 해요. 당분간 단 음식이나 간식도 안 먹으려고요." 학원 앞 카페에 앉아서 초코브라우니를 '순삭' 중이던 나는 우와 전공 진짜 아무나 하는 거 아니구나, 생각했다.

발레하는 사람들이 보온용 옷가지를 겹겹이 껴입는 중요한 이유는 부상을 방지하기 위해서다. 몸을 빨리 따뜻하게 데울수록 근육과 관절이 부드러워지기 때문에 몸을 다칠 위험이 줄어든다. 타이즈 위에 다리 워머를 입고, 솜으로 된 부츠를 신고, 상의에는 티셔츠 위에 다시 솜조끼나 얇은 스웨트 셔츠를 덧입는 식이다. 몸을 빨리 데우는 게 권장되다 보니 전국 단위로 열사병 환자가 속출할 만큼의 더위가 아니라면 수업 초반에 에어컨은 잘 켜지 않는다. 금방이라도 쪄죽을 듯한 표정의 학생들이 비 오듯 땀을 흘리며 숨을 몰아쉬어도 선생님이 에어컨을 흔쾌히 틀어주시는 경우는 거의 없다. "여러분 다 잘하셨으니까 제습 서비스 들어갑니다~"라고 인심을 쓰는 정도랄까.

그래도 여름과 겨울 중 하나를 고르라면 차라리 여름이 낫다. 몸이 빨리 풀리기 때문이다. 추운 겨울 퇴근길에 얼어붙은 손발로 수업에 들어가면 몸이 좀처럼 데워지지 않는다. 50분 넘어 바 순서까지 마쳤는데도 몸이 여전히 풀리는 느낌이 없으면 이어지는 센터 순서에서도 동작이 잘되지 않는다. 그래서 겨울이면 가방은 점점 더 거대해진다. 평소에도 회사용 노트북, 전원어댑터, 마우스에다가 화장품 파우치 등의 잡동

사니, 거기에 마사지볼과 레오타드를 비롯한 발레 용품을 넣으면 쇼퍼백도 부족할 정도인데, 겨울엔 다리 워머와 두꺼운 티셔츠까지 추가되기 때문이다. 미팅 때 만난 어느 회사 담당자가 내 가방을 들어봤다가 이삿짐인 줄 알았다며 깔깔 웃었다. 이렇게 짐이 많다 보니 작고 섬세한 토트백은 언감생심이다. 1년에 몇 번 쓸 일도 없으니 그냥 온라인에서 눈팅하는 걸로 만족할 뿐이다.

셰네로 돌다가 통베 파드부레 다음에
앙드오르로 두 바퀴 돌고

나는 타고난 방향치다. 방향감각이 둔한 데다 뭐든 쉽게 단정하거나 확신하지 못하는 편이어서 늘 좌우를 헷갈렸다. 이게 오른쪽 맞는 걸까? 혹시 내가 또 헷갈린 건 아닐까? 이러다 보면 익숙한 동네도 미지의 숲이 될 때가 있다. 어릴 적 왼팔 골절사고 때문에 문자 그대로 뼛속에 '이쪽이 왼쪽'이라고 새기긴 했지만 여전히 빠르게 방향을 판단해야 하는 순간에는 머리가 멍해지곤 한다.

동서남북을 배울 때에도 혼란은 계속됐다. 해 뜨는 쪽이 동쪽이라는데 해가 왜 동쪽에서 뜨는지 확신할 수 없었고, 말로는 '동서남북'이라고 하면서 지도 4방위표는 왜 '동서북남' 또는 '남북서동'인지 궁금했다. 이렇게 망설이다 보면 버뮤다 삼각지대의 빙빙 도는 나침반처럼 대혼란에 빠져드는 것이었다.

이런 내가 운전면허를 단번에 딴 건 진짜 물면허 시절에나 가능한 일이었는데, 나도 그런 나를 믿을 수가 없어서 이후 단 한 번도 차를 몰지 않았다. 하지만 모든 신체 기능은 쓰지 않으면 약해지거나 퇴화하기 마련이라는 걸, 발레 수업에서 길을 헤매는 처지가 되고서야 깨닫게 됐다.

초급반에서는 그럭저럭 괜찮았다. 기초 동작을

익힐 때까지 두 손으로 바를 잡고 하체를 중심으로 연습하기 때문이다. 다리만 앞, 뒤 아니면 옆으로 움직이면 됐다. 수영으로 치면 킥보드 잡고 발차기고, 자전거로 치면 보조바퀴 달고 달리는 것과 비슷하다고 할까. 혼란이 시작된 건 레벨1에서 회전 동작을 배우면서였다. 두 다리를 붙인 채 한 바퀴 도는 '수트뉘(soutenu)'를 처음 할 때였다. 오른다리가 앞에 있으니 오른쪽으로 돌아야 하는 건가, 뒤에 있는 팔은 어느 방향에다 갖다놔야 하지 망설이다가 객관식 문제 찍듯 눈을 질끈 감고 돌기 일쑤였다. 뼈에 새긴 왼쪽이고 뭐고 아무 생각도 나지 않았다.

한 발로 도는 '피루엣(pirouette)'을 접하면서 머릿속 안개는 더 짙어지기 시작했다. 피루엣은 몸 바깥쪽으로 도는 '앙드오르' 회전과 몸 안쪽으로 도는 '앙드당' 회전으로 나뉜다. 축이 되는 다리를 앞에 두고 뒷다리를 잽싸게 가져와서 휘리릭 도는 거다.

"한 바퀴 도는 건 도는 게 아니에요. 그냥 서기만 해도 돌아지거든요. 자 보세요. 간단하죠?"

내게는 전혀 간단하지 않았다. 오른다리를 앞에 놓고 '앙드오르'를 돌아야지 생각하면서도 그런데 이게 맞나 또 생각했다가 어정쩡하게 '앙드당'을 돌기 시작했다가 지면에서 발이 떨어지자마자 '아차, 이게 아닌데' 후회하기 시작하면 상체는 흔들리고 균형은 깨지기 일쑤였다. 한 바퀴를 돌고 나면 몸이 돈 게 아니라 두개골 안에서 뇌가 회전한 것처럼 어지러웠다. 뭐, 이런 바보스러움이 계속됐지만 나는 포기하지 않았다. 발레가 너무 좋았으니까.

1년쯤 뒤, 레벨2에서는 방향이 점점 더 추가됐다. 전에는 몸의 방향이 동서남북만 있었다면 북, 북동, 동, 동남, 남 이런 식으로 1, 2, 3, 4, 5, 6, 7, 8번으로 나뉘었다. 여기에다 몸과 다리의 방향에 따라 크루아제, 에카르테, 에파세, 앙파스 등이 새로 등장했다. 여기에다 팔 동작까지 더하니 헷갈림의 경우의 수는 2의 제곱, 세제곱, 네제곱의 비율로 늘어만 갔다. 그나마 한 손이라도 바를 잡고 있는 바워크 때는 상황이 나은 편이었다. 센터에선 의지할 곳 없는 두 팔과 두 다리의 방향을 온전히 내가 스스로 정하고 움직여야 한다. 망망대해에서 지탱할 널빤지 하나 없는 심정이랄까. 왼쪽과 오른쪽을 구분하지 못하는 불확신은 늪과도 같았다. 한 발 빠지기 시작하면 헤어날 수가 없었다. 순서를 틀려 당황하고, 당황해서 또 순서를 틀리는 악순환이 반복되다 보면 자존감이 더 바닥나기 전에 제발 수업이 끝났으면 하며 스튜디오에 걸린 시계를 자꾸만 흘낏거리게 되는 것이었다.

하다 보면 나아지겠지, 근근이 버티던 지난해 초겨울, 간만에 발레를 할 짬이 났는데 퇴근이 늦어졌다. 들을 수 있는 수업은 M선생님의 레벨3밖에 없었다. 엄청 어렵다고 소문이 자자한 수업이었지만 용기를 내보기로 했다.

취미 발레를 10년쯤 한 만렙 고수들이 내가 모르는 동작은 척척 해내고 내가 아는 동작은 멋지게 구사했다. 셰네로 돌다가 통베 파드부레 다음에 앙드오르로 두 바퀴 돌고 피케 아라베스크를 90도 이상 보여준 다음에 발랑세 통베 파드부레 다음 다시 앙드오르 돌고 방향 바꿔 아티튀드 턴을 돌고 마무리 포즈를 하는 식이었다. 하지만 나는 이미 첫 번째 턴을 돌기 시작하는 순간 지구가 초당 465.11미터의 속도로 자전하고 있음을 체감하며 머릿속이 하애져버렸다. 눈을 부릅뜨고 순서를 봐도 기억이 하나도 나지 않았다. 동작을 연거푸 말아먹는 나 때문에 전체 수업의 진도까지 늦어지고 있었다. 당황했고, 숨이 가빠졌다. 정말이지 이보다 더 통째로 클래스를 망칠 수 있을까 싶었다. 쭉 펴고 시작했던 어깨는 안으로 수그러들었고, 꼿꼿해야 할 무릎은 말린 호박처럼 쭈그러들었다. 거울 속의 내가 그렇게 못나 보일 수가 없었다. 선생님의 눈에 띄지 않게 뒤로 숨었다.

탈의실에서 옷을 갈아입고 짐을 챙겨 스튜디오를 나와 터덜터덜 집으로 발을 옮겼다. 땀을 씻어내고 침대에 누워 잠을 청해도 눈이 감기지 않았다. 뒤척이다 시계를 보니 이미 새벽 3시가 넘었다. 베개에 눈물 한 방울이 또르르 떨어졌다. 좌절감이었다. 노력했는데도 이렇게 안 된다면, 발레, 이제 접어야 하는 건 아닐까.

하루는 다른 수강생들에게 이런 답답한 마음을 털어놨다. 그런데 놀랍게도 대부분 나와 비슷했다.

"순서를 못 외워서 수업 말아먹고 울면서 차를 운전해서 집에 가는데 말이죠, 라디오 컬투쇼에서 웃긴 사연이 나오는 거예요. 그걸 듣는데 웃음이 터지더라고요. 방금 전까지 진짜 슬펐는데."

"아무래도 나이 들어서 배우는 건 안 되나, 이젠 마음을 좀 내려놓기로 했어요. 어릴 때 배우는 거하고 확실히 다른 것 같아요. 그냥 운동 삼아 한다고 생각해야죠."

"시간이 지나면 될 줄 알았죠. 그런데 일주일에 한두 번 수업 듣는 걸로는 안 되네요."

"즐거우려고 하는 건데, 여기까지 와서 우리가 스트레스를 받을 필요는 없잖아요. 그냥 되는 데까지만 하는 거예요."

다들 태연한 척하지만 사실은 힘든 거구나. 감정의 기복을 내색하지 않는 법을 익힌 어른들이니까 그저 묵묵히 그 순간들을 견디고 있을 뿐이었어. 어쩌면 다들 그렇게 어른스러운지. 나만 힘든 게 아니라는 걸 알고 난 뒤, 적어도 더 이상 외롭지는 않았다.

그나저나 나는 왜 이렇게 동작 순서를 못 외우는 걸까. 선생님의 동작 시범을 세 번이나 보고도 못 외우기 일쑤였다. 나 자신의 지적 능력이 의심스러웠다. 그래서 모 정신과전문의와 커피 한잔할 기회가 있을 때 물어봤다. 그는 뇌에서 정보를 처리하는 방식의 문제라고 얘기했다.

"춤이라는 건 사실 움직임이니까 이미지 정보잖아요. 그런데 최 기자는 그걸 텍스트로 처리하려니까 안 되는 거죠."

선생님의 시범을 보면서도 머리가 멍해지곤 한 것은 바로 그 때문이었다. 동작을 언어 정보로 변환할 때 조금만 복잡해도 버벅거리고, 그 언어화된 정보를 다시 몸으로 표현할 때 또 버벅거리는 거다. 몸으로 배우는 게 느린 건 아무래도 그 때문인 듯했다.

돌이켜보면 나는 체육과 관련해 흑역사가 참 길다. 중학교 2학년 때 배구 실기 시험이 생각난다. 토스를 몇 개 하느냐로 성적이 갈리는데, 나는 달밤에 손목에 피멍이 들도록 배구공을 튕겨 올리는 연습을 하고도 정작 시험 때는 세 개밖에 하지 못했다. 대학 때는 교양체육으로 테니스를 한 학기 수강했는데, 수많은 테니스공을 네트 건너편이 아니라 담장 너머 야산으로 힘차게 날려 보내곤 했다. 학기 시작 무렵 한 광주리 가득이었던 테니스공이 학기가 끝날 무렵엔 절반밖에 남아 있지 않았다.

문제의 원인을 얼추 파악했지만 여전히 수업에서 나는 '이 클래스의 블랙홀은 나야 나'라며 존재감을 과시하고 있었다. 그러던 어느 날, 선생님이 수업이 끝난 뒤에 불러 세우셨다. 수업 내내 굳은 얼굴로 스스로에게 화를 내고 있는 걸 들킨 모양이었다.

"안 된다고 스트레스 받으면 더 안 되는 법이에요. 순서를 눈으로 관찰하지만 말고 일단 팔 동작만이라도 몸으로 따라 하세요. 보는 것하고 내가 하는 것하고는 전혀 달라요. 앞사람들이 할 때 뒤에서 조금씩 익혀보세요. 나아질 수 있어요."

정말 그랬다. 그러니까 그냥 눈으로 보는 것과 내가 직접 하는 것은 차원이 전혀 다른 일이었다. 순서를 동작 이름으로 외우기보다는 음악에 맞춰 팔이라도 움직이면서 몸으로 익히니 이해가 더 쉬워졌다. 회전 동작도 할 때마다 당황하는 나 자신을 보며 움츠러들기보다는 짬 나는 대로 실제 팔다리의 코디네이션을 연습했다. 그러자 동작이 저절로 몸에서 나오기 시작했다. 남 하는 걸 백날 관찰해 봤자 내 것이 아니었던 거다. 조금은 우스꽝스럽고 불완전하더라도 내가 직접 해보는 게 중요했다. 무작정 했던 이전의 노력은 진짜 노력이 아니었다. 노력을 쏟는 그 방향이 정말 맞는 건지, 노력하는 방식이 정말 효과적인 것인지를 스스로 질문하는 게 필요했다. 어쩌면 나는 '내가 이만큼 노력했으니까 더 나아질 거야'라는 자기 주술에 빠져 있었던 건 아닐까.

그나저나, 뜬금없지만 이렇게 온갖 동작의 조합으로 어려운 발레는 아무래도 치매 예방에도 효과가 있을 게 분명하다. 그렇다면 할머니가 돼서도 열심히 발레를 해야지. 오늘도 늦은 밤 노트북과 발레 용품이 든 큰 가방을 메고 집으로 걸어가면서 팔다리를 움직여가며 틀린 동작들을 복기해본다. 내일은 오늘보다 나아질 것이다.

선생님의 인내심

깐깐하기로 유명한 원장 선생님이 수업 때 주로 하는 긍정적인 피드백은 "안 이상해요" 또는 "맞았어요"다. 이 정도만 해도 사실 꽤 칭찬에 속한다. 우리도 우리가 잘하는 게 아니라는 걸 아는데 영혼 없는 '잘했어요'는 들어도 별로 달갑지 않다.
그러던 어느 날 그가 수업 시간 중에 뒷목을 잡았다. 반쯤 장난이겠거니 했는데 수업 스트레스 때문에 두통을 얻었다는 얘기를 건너 들었다. 가끔 수척해 보일 때는 요즘 많이 힘드신가 걱정이 되기도 했다. 똑같은 지적을 1년 넘게 하는데도 정말 발전이 더딘 학생들을 가르치려면 얼마나 대단한 마음 수행이 필요한 걸까.

누구 말처럼 "발레리나들이 은퇴할 나이에 발레를 배우기 시작하는" 성인 학생들을 가르친다는 건 선생님들에게도 쉬운 일이 아닐 것이다. 발레를 업으로 삼은 사람들은 보통 완벽주의자들인데, 몸이 굳은 어른들은 아무래도 완벽과는 거리가 먼 지점에서 시작하기 때문이다. 매일 몇 시간씩 연습해도 나아질까 말까 한 게 발레인데, 일주일에 두세 번 수업으로는 턱도 없다. 그러다 보니 인내심 많은 선생님들도 한계에 부딪히곤 한다.

꼼꼼하고 성실한 모 선생님은 수강생들 동작을 못 봐주겠다 싶으면 “하하하 웃기다” 하고 소리 내 웃었다. 우리는 속도 모르고 함께 따라 웃었다. 그러다 눈 뜨곤 견디기 어렵다 싶으면 두 귀를 손으로 막고 “악!” 하고 소리를 질렀다. 역시 장난인 줄로만 알았는데, 최근에 본인이 털어놓길 “수업 다 마치고 집에 가다 보면 정말 머리가 울릴 정도로 아픈” 스트레스라고 했다.
역시 꼼꼼한 교수법으로 팬이 많은 모 선생님은 클래스에서 벌어지는 광경을 못 견디겠다 싶으면 양미간을 손가락으로 꼬집으며 한숨을 내쉬곤 했다. 1년 전 그가 처음 성인 발레를 가르치기 시작했을 때만 해도 좀처럼 자기표현을 하지 않는 점잖은 청년이었는데, 똑같은 잔소리를 두 달 넘게 하다 보니 그도 결국 변하고 말았다. 우리 잘못이지 뭐, 수강생들끼리 멋쩍게 웃었다.

이런 스트레스에도 불구하고 학생들을 가르치는 이유는 뭘까. J선생님은 “이렇게 다들 노력하는 걸 보면 나도 열심히 해야겠다는 생각이 든다”고 말씀하신 적이 있다. 머리에 새치가 드문드문 난 수강생들이 하나라도 더 배우겠다며 눈을 반짝이며 스트레칭을 하며 준비하는 걸 보면, 정말 누가 이런 열정을 거부할 수 있을까 싶다. 아무래도 ‘안 하는’ 건 미워할 수 있어도 ‘못하는’ 건 미워할 수가 없는 법인가 보다.

신발 가운데를 말이죠, (흡!)

발레를 처음 배우기 시작했을 때부터 토슈즈는 선망의 대상이었다. 한 번쯤 꼭 신어보고 싶었다. 토슈즈를 신어야 '본격 발레'라고 오해했기 때문이다(사실 그렇진 않다). 하지만 왕초보는 토슈즈 금지다. 다리와 발목 힘을 어느 정도 기른 다음 신는 게 좋다고 한다. 체중을 지탱할 힘이 없는 상태에서 자칫 발목이 꺾여 골절되거나 인대가 파열되는 등 크게 다칠 수 있다는 거다. 그래서 한 1년쯤은 토슈즈 수업을 유리창 바깥에서 구경만 했다. 수강생들이 바닥에 앉아 새틴 재질의 신발 끈을 발목에 두르는 걸 보고 있으면 드가의 그림 속 발레리나처럼 우아해 보였다. 석양에 반짝이는 볼가강의 잔물결처럼 발들을 움직이며 플로어를 가로지르고, 발끝으로 서서 아라베스크를 하는 이들은 눈을 떼기 어려울 정도로 아름다웠다. 나는 언제쯤 연습용 천슈즈 말고 저런 토슈즈를 신게 될 날이 올까. 그날만 손꼽아 기다렸다.

'아니, 이 딱딱한 걸 도대체 어떻게 신는다는 거야?' 막상 처음 토슈즈 한 켤레를 사고는 막막해졌다. 고가의 제품을 매장에서 직접 신어보고 사왔는데도 어찌해야 할 바를 몰랐다. 새 토슈즈는 딱 '비단옷 입은 북어' 같은 질감이었다. 종이를 아교로 겹겹이 붙인 둥근 앞코도 딱딱하고, 베이지색 천연 가죽이 길쭉하게 붙은 발바닥 부분도 딱딱했다. 말랑말랑한 부분은 뒤꿈치 정도였다. 신고 방바닥을 걸어봤는데 발을 구부리는 게 불가능했다. 일부러 발끝으로 걸을 수밖에 없는 구조로 만든 건가?

일단 토슈즈에 바느질을 하기로 했다. 토슈즈는 끈을 별도로 판매하는데, 구매해서 직접 달아야 한다. 수선점에 공임을 주고 맡기는 방법도 있긴 하지만 첫 토슈즈니까 직접 손바느질을 해보기로 했다. 먼저 고무 밴드를 가로로 한 번 고정시킨다. 그다음엔 발 안쪽과 바깥쪽에 하나씩 모두 네 개의 끈을 광택이 없는 면이 바깥으로 보이도록 박음질로 고정했다. 발레학교를 다룬 러시아의 다큐멘터리를 보면 어린 소녀들이 기숙사에서 잠들기 전 침대에 앉아 이렇게 토슈즈 바느질을 하는 게 일상이던데, 나도 기분만은 발레리나가 된 것 같았다. 하지만 프로페셔널들은 토슈즈에 바느질을 하느라 손에 굳은살이 생길 정도라고 하니, 나만큼 바느질이 신나진 않겠지.

토슈즈를 신은 첫 수업 날. 선생님은 이 고운 신발을 보더니 북어 패듯 거칠게 팼다. 비유가 아니라 진짜 신발을 마구 팼다. 토슈즈는 그냥 신는 게 아니라 꺾고 때려서 부드럽게 '부순 뒤'에 신는 거라나. 예상하지 못한 거친 광경이었다.

"신발 가운데를 말이죠, (흡!) 이렇게 꺾어야 돼요. (흡!) 그래야 발바닥을 쓸 수가 있거든요. (흡!) 너무 꺾어도 안 되는데, (흡!) 토슈즈 길들이기가 처음엔 힘들어요. (흡!)"

신발 가운데를 손으로 몇 번 앞뒤로 꺾더니 이번엔 신발 뒤를 잡고 사정없이 바닥에다가 쾅쾅 내리치기 시작했다. 초보 수강생들의 눈이 휘둥그레졌다.

"앞부분이 이렇게 딱딱하면 못 신거든요. 발가락을 감싸는 토박스 주변을 좀 때려야 돼요. 그런데 이 신발은 유독 좀 딱딱하네요. 망치 있으면 좋은데. 망치로 때리면 되거든요."

'부순' 토슈즈를 직접 신어보기로 했다. 먼저 통증을 줄여줄 토싱으로 발가락 주변을 감쌌다. 발레용품 매장에서 초보자용으로 추천해준 두꺼운 파란색 실리콘 재질의 포켓이다. 재질이 다양했지만 무조건 발가락이 덜 아픈 걸로 골랐다. 연습 벌레였던 강수진 발레리나는 독일 슈투트가르트 발레단 시절 발가락 피부가 헐었을 때 돼지비계를 넣고 연습했다는 전설이 있다. 그 위로 타이즈를 입는다. 발레 타이즈는 발바닥이 뚫린 제품들이 많은데, 토싱을 바꾸거나 휴식 시간에 발을 꺼낼 수 있게 특별히 디자인된 것이다. 그다음 토슈즈를 신고 안쪽에 달린 끈을 바깥쪽으로, 바깥쪽 끈을 안쪽으로 한 바퀴씩 두른 뒤 다리 안쪽에서 묶는다. 매듭이 보이지 않게 끈 속으로 숨기면 준비 끝이다.

그렇게 발끝으로, 처음 서봤다. 의외로 발가락이 아프지 않았다. 15센티 높은 곳에서 맡는 공기는 왠지 신선했다. 오오, 내가 바로 그 토슈즈가 딱 맞는다는 그 발레 체질인가, 괜히 들떴다. 토슈즈를 신은 내 모습을 거울로 보니 너무 대견해서 카메라 울렁증도 잊고 셀카를 찍지 않을 수 없었다. 나, 토슈즈 신는 여자야!

하지만 두 손으로 바를 잡고 발끝으로 서는 기본동작 20분 만에, 진심으로 이놈의 신발을 벗어 던져버리고 싶어졌다. 엄지발톱 밑에 아주 무딘 끌이 파고드는 느낌이었다. 체중의 네댓 배 무게를 오로지 세로 지름 3센티 정도의 토슈즈 끝으로 서는데 아프지 않으면 그게 이상한 거지. 강수진 발레리나는 이런 걸 신고 하루에 열다섯 시간 이상 연습을 했다고 하니, 초능력 수준의 인내심이다.

발레는 돈이 별로 안 드는 취미라고 앞에서 말했는데, 사실 프로페셔널에게는 돈이 많이 든다. 토슈즈 값이 만만찮다. 나 같은 취미생은 일주일에 한두 번 잠깐 신으니 6개월에 한 켤레면 충분한데, 발레리나들은 사흘에 한 켤레, 연습량이 많으면 하루에 세 켤레도 갈아치운다고 한다. 토슈즈는 발가락이 땅에 닿는다는 느낌이 들면 수명을 다한 건데, 특히 습기가 많은 여름엔 종이 재질의 토박스가 잘 무너진다. 망가진 토슈즈는 고쳐 신을 수가 없다. 그냥 버리는 소모품이다. 토슈즈 가격이 평균 한 켤레에 10만 원 안팎이니, 발레단 예산에서 토슈즈가 차지하는 비중이 상당할 수밖에 없다.

전공생이 아니어도 내 발에 맞는 취미용 토슈즈를 찾는 데 시행착오는 불가피하다. 앞에서도 말했듯이 사람마다 발 모양이 제각각이다. 기성품 중에서 내 발에 맞는 걸 찾는 게 쉽지가 않다. 특히 토슈즈는 발끝으로 서서 직접 움직여본 뒤에야 내 발에 맞는 건지 아닌 건지를 확인할 수 있는데, 그러면 반품이 안 된다. 내 첫 토슈즈는 나쁘지는 않았지만, 발등이 예뻐 보이지 않았다. 그래서 다른 브랜드 제품을 샀는데 이번엔 바닥 힘이 너무 약해서 쉽게 꺾여버렸다.

토슈즈뿐만 아니라 토싱도 자기 발에 맞는 게

있다. 토싱이 너무 두꺼우면 발가락 감각이 둔해져 좋지 않대서 좀 얇은 제품을 샀더니 이번엔 발톱이 뽑혀 나갈 것처럼 아팠다. 토슈즈의 둥근 끝부분을 어떻게 다듬을지도 사람마다 각각이다. 내 경우에는 미끄러운 감이 있어서 스웨이드를 덧댔더니 너무 빽빽해서 회전하기가 어려웠다. 토 끝을 둥그렇게 바느질하면 발끝으로 설 때 편하대서 바느질을 했는데 어설픈 탓에 새틴만 벗겨졌다.

그러니까 내 발에 맞는 토슈즈를 찾아서, 다시 그 토슈즈를 내 발 컨디션에 맞게 요리조리 튜닝을 해 보는 수밖에 없다. 발레리나들은 그래서 새 토슈즈를 신을 때마다 신발 바닥 가죽 뒤쪽을 커터칼로 잘라내거나, 두터운 실을 토 앞에 덧대거나 하는 작업을 한다고 한다. 이렇게 까다로운 물건일 줄이야.

그나저나 수업 때 신기했던 건 선생님이 토슈즈 안의 내 발가락을 꿰뚫어본다는 거였다.

"발가락에 힘을 안 주고 있네요. 발끝으로 설 때 그냥 위로 뿅 하고 뛰듯이 서는 게 아니라 발가락 힘을 써서 밀듯이 일어나야죠."

토슈즈 안에 발가락들이 꽁꽁 숨겨져 있는데 어떻게 내 발가락을 본 거지? 우와, 소오름. 내 동작에서 발가락의 움직임이 다 드러났던 걸까. 토슈즈는 연습용 천슈즈보다 훨씬 딱딱하기 때문에 더 많은 발 근육 힘이 필요하다. 수업 때마다 선생님들이 발가락에 힘주라고 강조한 이유가 다 있었다. 발레 전공자들은 발가락 힘이 천하장사라 꼬집혔다가는 피멍이 든다고 하는 얘길 듣고 나는 어떤지 궁금해 엄지와 검지발가락에 힘을 줘봤다. 참으로 하찮았다. 발 앞에 떨어진 수건 집어 올리기도 어려웠다.

사실 처음 수업 때 발가락이라는 말이 자꾸 나와서 혼자 웃음이 터졌다. '발가락'이 점잖은 어른들끼리 모여서 아무렇지 않게 노출하거나 언급하는 부위는 아니잖은가? 된 발음도 은근히 우스꽝스럽다. 시스티나 성당의 벽화 속 창조주와 아담이 발가락을 서로 맞대고 있다거나, 천상천하 유아독존을 말하던 석가모니가 발가락을 하늘로 향했다거나 하는 건 코믹 패러디에서나 가능한 얘기다.

하지만 발레에서 발가락은 길고 우아한 다리 움직임을 만드는 주인공임을 곧 알게 되었다. 지면을 섬세하게 스치는 고수의 발가락은 마치 명인의 붓놀림처럼 매혹적이다. 다리를 높이 차올릴 때 마지막 순간 지면을 밀어내면서 길고 아름다운 선을 완성하는 것도 발가락의 몫이다. 토슈즈를 신은 발이 날렵해 보이는 건 다 발가락들이 열심히 일을 하는 덕분이다. 유능한 에이스들로 이뤄진 비밀 태스크포스랄까.

토슈즈에 대한 호기심은 1년쯤 지나 시들해졌다. 여전히 기본자세에서 등이나 골반, 다리를 비롯해 고칠 게 많은데 토슈즈를 신는 건 허영심이 아닐까 싶어서였다. 토슈즈를 신으면 발목 힘을 강화하는 훈련에 도움이 되는 터라 발레리노들도 일부러 연습 때 신는다는 얘기를 듣기도 했지만, 당장 나한테 급한 건 기본부터 단단하게 세우는 것이었다. 때가 오면 다시 꺼내기로 하고, 토슈즈들 안에 습기제거제를 넣어 둘둘 말아 옷장 속에 넣어두었다.

발레 작품 속 남자들

고전발레의 아름다운 춤과 음악, 무대의상 및 디자인에 한참 빠져들다가도 남자 캐릭터 때문에 홀딱 깰 때가 있다. 그중 으뜸은 1841년 초연된 이래 낭만주의 대표작으로 손꼽혀온 〈지젤〉이다. 알브레히트 왕자는 자신의 신분을 감추고 어여쁜 시골 처녀 지젤을 유혹해 연애를 즐기다가 약혼녀 바틸드가 귀족 일행들과 나타나자 사실 나 원래 임자 있는 몸이었어, 라고 뒤늦게 털어놓으며 지젤을 절망과 배신감에 죽도록 만든 장본인이다. 2막에서 그는 처녀귀신인 윌리들의 포로가 되지만 자기 때문에 귀신이 된 지젤의 헌신으로 목숨을 부지한다. 윌리들의 대장 미르타에게 두 번 죽어도 마땅할 알브레히트를 지젤은 지고지순하게 사랑하고 조건 없이 용서한다.

〈라 바야데르〉의 전사 솔로르도 만만찮은 나쁜 남자다. 인도 황금제국 힌두 사원의 아름다운 무희 니키아와 비밀 연애를 하며 신 앞에 영원한 사랑을 맹세한 그는 왕이 "우리 공주 감자티와 결혼하게" 명령하자

별 저항도 없이 순순히 명령에 따른다. 결국 니키아는 감자티 공주의 계략에 빠져 뱀에 물려 죽고, 죄책감에 빠진 솔로르는 아편에 빠져 비몽사몽간에 정령이 된 니키아를 다시 만나 용서를 받는다.

고전발레 작품들은 어쩔 수 없이 그 시대의 가치를 반영한다. 그래서 가부장적인 경우가 많다. 〈잠자는 숲속의 공주〉는 운명의 왕자가 구해주기를 기다린다. 〈백조의 호수〉의 오데트는 여러 버전의 결말이 있으나 대체로 왕자가 아니면 저주를 깰 수 없다. 여성이 투표권도 없고 교육권도 인정받지 못하던 시절의 작품들이라 갖는 한계다. 페미니즘이 등장하고서야 작품 속 여성들의 수동적인 한계가 드러나기 시작한다. 기본적으로 고전발레들은 제작자도, 안무가도 모두 남성들이었고, 남성 중심적 시각으로 이야기가 짜였기 때문이다. 〈해적〉의 경우도 그렇다. 그리스 소녀 메도라가 납치돼 이슬람의 권력자에게 성노예로 팔려가는 얘기다. 이런 설정이 아름답고 경쾌하게 그려지는 건 지금의 시점으로 볼 때 아무래도 영 불쾌하다. 발레리나 출신으로 잉글리시 내셔널 발레단의 예술감독을 맡고 있는 타마라 로호는 "기존 남성 발레 안무가의 시선에는 포르노의 관점도 있었다"고 지적한 바 있다.

하지만 작품 자체가 아름답기 때문에, 당시의 한계를 어느 정도 눈감는 수밖에 없다. 당장 30년 전 할리우드 블록버스터만 보더라도 '쓸데없는 짓'을 하다가 위기에 빠져 남자 주인공이 구하러 오기 전까지 무력하게 비명만 지르는 여성 캐릭터들이 수두룩하지 않은가.

소란스러운 고요함

‘발레의 꽃’으로 불리는 아라베스크가 돋보이는 대표적인 작품은 〈지젤〉 2막 ‘윌리들의 숲’이다. 코르 드 발레 무용수들의 흰 튀튀가 서늘한 푸른색으로 빛나며 좌우로 교차될 때의 초현실적인 아름다움은 볼 때마다 소름이 돋는다.

또 다른 아라베스크 명장면은 마리우스 프티파 안무의 〈라 바야데르〉 3막 ‘망령들의 왕국’ 도입 부분이다. 사선으로 이어진 무대 뒤에서부터 흰색 튀튀를 입은 서른두 명의 무용수가 바이올린이 이끄는 오케스트라의 선율에 맞춰 한 명씩 아라베스크 동작으로 서로를 이으며 완벽한 조형미를 이룬다. 그런데 객석에서 이 장면을 감탄하며 보면서도 나는 자꾸 딴 생각을 하게 된다. ‘첫째 무용수 진짜 힘들겠다….’ 마지막 무용수가 나올 때까지 아라베스크에 한 치의 흔들림 없이 앞으로 조금씩 이동하는 동작을 무려 마흔 번 가까이 반복해야 하는 것이다. 그것도 제일 눈에 잘 띄는 앞줄 첫 번째 자리에서 말이다. 저러다 엉덩이 근육에 쥐 나는 거 아닐까.

“허, 여러분, 90도는 들어야죠. 이거 아라베스크예요.”

만렙들이 수강하는 레벨3 수업에서 M 선생님이

한마디 하신다. 쪼렙인 나는 순서 따라 하는 것만도 버거워서 곁눈질할 겨를이 없어 모르겠지만 90도 고지를 향해 다들 사투를 벌이고 있나 보다. 이게 17세기 발레였다면 아마 우리는 좀 편안한 마음으로 아라베스크를 할 수 있었을 텐데. 발레에서 아라베스크라는 동작은 처음엔 다리를 뒤로 살짝 들어올리는 정도였다고 한다. 1720~30년대 프랑스의 파리 오페라 발레단에서 큰 인기를 얻은 발레리나 라 카마르고는 치렁치렁하던 무대용 치마를 종아리 선으로 처음 자르면서 로맨틱 튀튀를 고안했는데, 그의 초상화를 봐도 아라베스크는 45도 정도이다. 하지만 4세기에 걸쳐 수많은 발레인들이 혁신을 거듭하면서 기교가 고도화됐고, 이에 맞춰 다리를 더 드러내기 위해 스커트도 점점 짧아졌다고 한다. 1900년대의 아라베스크는 90도에 이르렀고 2000년대의 현대발레에서는 180도 이상 올리는 아라베스크 팡셰도 등장한다. 발레에 대해 유익한 정보를 많이 담고 있는 영국 로열 오페라 하우스의 유튜브 채널에서 안 내용이다.

사실 다리를 '들어올리는' 것은 아라베스크의 기승전결 가운데 '결' 정도에 해당한다. 발레의 꽃인 아라베스크를 피우기 위해서 먼저 해야 할 일은 '땅'

에 해당하는 코어 근육을 잘 다지는 것이다. 그래서 발레 수업에서는 복근 운동이 기본 중 기본이다. 시키니까 하지 정말이지 혼자서는 안 하고 싶다. 피할 수 없으면 즐기라지만, 배가 활활 불타는 듯한 그 느낌을 변태가 아닌 이상 어떻게 즐기란 말인가.

J선생님의 레벨1 수업은 발레를 배우러 왔다가 난데없이 복근을 집중 공략당한 초보 수강생들의 곡소리가 자자하다. 15분 동안 윗몸일으키기 60개, 다리 들어올리기 30개, 다리 들고 윗몸일으키기 30개, 윗몸 비틀기 40개를 한 뒤 다리 좌우로 교차하기 50회를 하고, 엎드려 상체 들어올리기 20개를 하는 식이다. 여기다가 마무리로 기본 플랭크 1분, 사이드 플랭크 각각 1분씩이다. 두 달쯤 하다 보면 그럭저럭 적응되는 코스다.

이에 비해 원장 선생님의 코어 운동은 한 블로그 후기 말마따나 "레알 진짜 엄청 악마"다. 약 40분간 바워크를 마치고 헉헉 숨을 몰아쉬는 수강생들에게 쉴 틈도 안주고 다리 들어올리기 50개, 윗몸일으키기 50개, 여기에다 플랭크 2~3분을 시킨다. 정말 배 근육이 찢어질 것 같다. 중간에 포기하고 싶은데, "바닥에 무릎 대면 나머지 전체 학생들 다 10초씩 추가할 거예요"라는 말에 "으아아악!" 기합을 빙자한 괴성을 지르며 버틴 적이 있다. "지옥에서 나를 죽이러 온 발레리노"라는 블로그 표현이 정말 적절하다.

이러니 발레리나 배에 괜히 '임금 왕(王)'자가 있는 게 아니다. 특히 국립발레단의 모던발레 작품 무대에서 탱크톱 상의를 입은 박슬기 수석의 복근을 보고 감탄한 적이 있다. 얼마나 잔근육이 많은지 왕자를 넘어 '나라 국(國)'자에 가까울 정도였다. 내 배도 잘 만져보면 '방패 간(干)'자 아니면 흐르다 만 '내 천(川)'이 숨겨져 있는 것 같기는 한데, 토실토실한 지방에 덮여 있으니 다이어트로 발굴하기 전까지는 알기 어려울 것 같다.

발레에서 코어 근육이 강조되는 건 '풀업(pull-up)'을 할 힘을 기르기 위해서다. 풀업은 말 그대로 몸을 위로 끌어올리는 것인데 선생님들이 보통 정수리에 끈을 달아 위에서 잡아당긴다고 상상하라고 설명한다. 이유가 궁금해서 발레리 그리그의 책 『발레 테크닉의 해부학적 이해』를 사다가 펼쳐봤다.

그리그는 '풀업'을 "꼬리뼈부터 머리를 받치는 제1경추골까지 척추를 곧게 펴는 것"이라고 설명한다. S자 모양으로 정렬된 척추를 I자에 가깝게 길게 펴면 보통은 골반에 위치하던 몸의 무게중심이 위로 이동하면서 무용수는 더 가볍고 빠르게 움직일 수 있게 된다. 반면 풀업이 되지 않으면 무게중심이 아래에 놓이기 때문에 움직임이 둔중해진다고 한다. 발레는 기본적으로 중력을 거부하고 공중에 머무는 춤이라서 풀업이 중요한가 보다. 더불어 부상을 방지하기 위한 목적도 있다고 한다. 무용수들이 척추에서 많이 다치는 부분은 S자의 커브 구간이기 때문에 이걸 펴서 튼튼하게 만든다는 것이다. 크게 뛰었다가 착지할 때 받는 충격이 만만찮기 때문에 아무리 목재와 우레탄으로 제작된 연습실 바닥이라고 해도 늘 주의해야 한다.

이렇게 척추를 곧게 펴면 키가 더 커 보인다. M 언니는 실제로 발레를 배우고 2년 연속 키가 1센티씩 자랐다고 한다. 척추를 쫙쫙 펴는 자세 교정만으로도 효과를 본 셈이다.

이렇게 풀업된 몸통은 하나의 박스처럼, 가급적 어떤 움직임에도 흔들리지 않도록 근육으로 최대한 잡고 있어야 한다. 흉곽은 폐와 간, 소화기관을 꽁꽁 숨기듯이 벌어지지 않게 유지한다. '장기 자랑'은 금물이다. 학원 수강생들 사이에서는 이렇게 온몸을 풀업하다 보면 자기도 모르게 얼굴 근육도 풀업하면서 리프팅 및 처짐 방지가 되지 않겠느냐는 얘기가 있다. 강수진 발레리나가 오십대에도 동안을 유지하는 것은 풀업이 비결일 것이라는 설도 한때 돌았다. 믿거나 말거나.

역설적이게도 이렇게 몸을 끌어올리는 '풀업'을 할 때 몸을 아래로 끌어내리는 '풀다운(pull-down)'의 힘도 한 몸 안에 머무르게 된다. 척추를 위아래로 길게 늘이면 위뿐만 아니라 자연스럽게 아래로 향하는 힘이 생긴다. 견갑골 아래를 비롯한 등의 근육들도 아래로 향하면서 어깨 근육에 힘을 주지 않아도 자연스럽게 어깨는 귀와 멀어지며 내려간다. 다리도 엉덩이서부터 발뒤꿈치까지 길게 펴지면서 지면에 닿는 느낌은 어느 때보다 단단해진다.

이렇게 한 몸 안에서 두 가지 방향의 힘을 느끼면서 나는 뉴턴의 제3운동법칙인 작용과 반작용을 떠올렸다. "모든 작용에 대해 크기는 같고 방향은 반대인 반작용이 존재한다." 우주선이 지구 궤도를 벗어날 수 있는 건 가스가 우주선을 밀어내기 때문이고, 지구가 태양을 공존하는 것도 원심력과 구심력이 함께 존재하기 때문이다. 몸 안에 두 개의 힘이 팽팽한 긴장을 이루기에 발레리나들의 몸은 그저 기본자세로 서 있을 때에도 중요한 이야기가 막 시작되기 전의 '소란스러운 고요함'을 느끼게 하는 게 아닐까.

다시 아라베스크로 돌아가면, 상체를 이렇게 풀업하고 기둥 다리는 단단하게 지면에 턴아웃으로 고정시킨 상태에서 마지막으로 턴아웃된 다리를 뒤로 들어올리면 된다. 알고 보면 만만한 동작이 아니다.

솔직히 발레를 배우기 전에는 90도 아라베스크가 그리 어려운 건가 싶었다. 그런데 처음 해본 순간, 이베리코 돼지 뒷다리살로 만든 하몬 한 덩이를 들어올리는 것처럼 다리가 무겁기 짝이 없어 당황했던 기억이 난다. 다리를 들어올리면 몸통이 앞으로 기울고, 몸통을 세우면 다리가 내려가는 인간 시소가 되기도 했다.

내가 풀업에 대해서 이렇게 구구절절 적어놓은 걸 혹시 선생님이 보신다면 이런 말씀을 하실 게 분명하다. "(웃음)아니, 이렇게 잘 알면서 왜 안 하나요?" 안 하는 게 아니고 '못'하는 것이라고 꼭 말씀드리고 싶다. 풀업을 하려고 온 힘을 쥐어짜다 보면 근육이 덜덜덜덜 떨리면서 눈사람 녹듯이 중력에 몸이 점점 무너지는 듯한 기분이 든다. 잘하고 싶은 욕심에 풀업 상태가 무너질 때도 있다. 다리를 좀 더 길게 뻗으려다가, 남보다 좀 더 높이 차올리려다가 몸이 삐뚤빼뚤해지는 거다. 머리로만 아는 동작을 정확하게 하려면 앞으로 얼마나 더 연습을 해야 하는 걸까. 미사여구나 조잡한 합리화로 눈가림을 할 수 있는 말이나 글과 달리 몸은 내가 연습한 딱 그만큼의 나를 거울처럼 그대로 보여주는데, 보기에 쉬워 보이는 것 중에 진짜로 쉬운 건 정말 많지 않은 법이다.

그래도 이렇게 배운 풀업을 매일 마음을 다스릴 때 써먹곤 한다. 내 존재가 아스팔트 위의 껌딱지처럼 하찮게 느껴질 때면 숨을 한 번 크게 쉬고, 어깨를 양옆으로 활짝 펴고, 아랫배를 집어넣고, 목을 위로 길게 끌어올린다. 그러면 어느 정도는 평정심이 돌아온다. 마음과 몸은 긴밀히 연결돼 있어서 몸을 펴는 것만으로도 마음이 펴진다. 슬프고 화나는 날에도 꾸역꾸역 발레를 하러 가는 것도 같은 이유에서다. 한 시간 반 동안 풀업을 하며 몸의 중심을 바로 세우는 데 집중하다 보면 마음이 맑아진다. 마음의 감기에 걸렸을 때도 발레는 빼먹지 않았다. 덕분에 상태가 빨리 나아졌다. 물론 어떤 운동이든 꾸준하게 하면 정신건강에 도움이 되겠지만 말이다.

여러 스타일의 발레

"제대로 쭉 펼 수 있게 될 때까지 당분간 팔을 흐느적거리지 마세요."
참다못한 선생님한테 어느 날 한 소리 들었다. 어지간히 보기 흉했나 보다. 기본도 안 되는데 멋 부리다간 선생님한테 혼나기 딱 좋다. 예전에 주워듣기로는 팔을 부드럽게 많이 움직이면 발레를 잘하는 것처럼 보일 수 있다고 하길래 최선을 다해 흐느적거렸는데, 역시 초보용 팁은 아니었던 셈이다.

다 비슷해 보이는 발레 동작인데도 선생님마다 스타일이 조금씩 다르다. 팔을 옆으로 뻗었다가 몸 아래쪽으로 부드럽게 움직이는 동작의 경우 어느 선생님은 팔 관절을 먼저 구부리라는데, 다른 선생님은 최대한 마지막에 구부리라는 식이다. 팔을 옆으로 뻗는 각도도 선생님마다 조금씩 기준이 다르다. 어느 분은 가급적 90도에 가깝게 길게 뻗으라고 하는데, 다른 분은 그러면 목이 짧아 보인다며 살며시 경사지게 아래로 뻗으라고 한다. 글로 쓰자니 설명이 영 쉽지 않은데 거칠게 요약하자면 맛집마다 다른 탕수육 비법과도 비슷하다. 모두 다 '맛있는 탕수육'이지만 고기를 가늘게 썰지 두껍게 썰지, 튀김옷을 바삭하게 입힐지 폭신하게 입힐지, 소스의 단맛과 신맛을 어느 정도로 할지, 통조림 파인애플과 체리 반 조각을 넣을지 말지 등에 따라 천차만별인 것처럼 말이다. 그래서 발레 교사 세 명이 모이면 기본동작을 어떻게 할 것인가를 놓고도 밤샘 토론을 벌일 수 있다지 않은가. 서양에서 5백 년 넘는 역사를 갖고 이탈리아, 프랑스, 러시아, 영국 등에서 각각의 색깔로 체계화돼 온 고전 무용이라 역시 간단치가 않다.

그래서 다른 발레단에 가면 다른 스타일을 처음부터 다시 익혀야 한다고 한다. 러시아 바가노바 스타일로 발레를 배운 발레리나 박세은은 파리 오페라 발레단에 입단한 이후 클래스에 적응하는 데 1~2년 고생했다고 한 인터뷰에서 말한 적이 있다. 러시아 스타일은 힘 있고 단순하면서도 쭉쭉 뻗어나가는 선을 지향하는 반면, 프랑스는 귀엽고 우아하고 발동작이 더 많으며, 관객을 끌어당기는 매력에 더 중점을 두는 차이가 있다는 게 그의 설명이다. 그래서 〈지젤〉이나 〈라 바야데르〉 같은 고전 작품도 어느 나라의 버전인지에 따라서 조금씩 동작이 다르다. 그런가 하면 미국의 발레는 폭발적인 힘과 속도를 상당히 중요하게 여긴다고 한다. 각 나라 관객의 취향에 따라 발레 스타일도 영향을 받는 셈이다.

하지만 파리 오페라 발레단 제1무용수 자리에 오른 박세은 발레리나의 말에 따르면 결국 다 하나의 발레로 귀결된다. "스타일이 많이 다르지만 또 같다. 좀 더 들어가면 프랑스와 러시아의 춤이 다르지 않다"는 것이다. 맛있는 탕수육은 '부먹'으로 먹든 '찍먹'으로 먹든 다 맛있는 것과 같은 이치인가.

고백하자면 나는 힘 빼기를 두려워했다

바워크가 한창이던 어느 날, 코끝에 무릎을 가져다 붙이겠다는 각오로 다리를 앞으로 차올리며 그랑 바트망에 몰입하고 있었다. 순서를 마치고 가빠진 숨을 고르려는데, B선생님이 내 앞에 오시더니 발레리나의 그 희고 고운 손가락으로 내 목을 감싸 안으시는 것이었다. 얼굴은 빨개지고 놀란 눈은 커다래지고 떨리는 내 입술은 파란 빛깔 파도 같아지려던 찰나에 그는 말했다.

"목에 제발 힘 좀 빼세요. 이렇게 힘주면 목 두꺼워져요."

이 '힘 좀 빼라'는 지적은 수업 중 내 지분율이 높은 편이었다. 목에 핏대 서서 무섭다, 우리가 하는 것은 태권도가 아니다, 팔다리가 로봇 같다 등등. 처음에는 그게 나한테 하는 얘기인 줄도 눈치채지 못했다. 문제를 모르니 해법도 몰랐고, 그래서 더할 곳 덜어낼 곳 가리지 않고 온몸에 죄다 힘을 주는 날들이 계속됐다. 바워크가 끝나고 센터 순서가 시작되기 전에 용존산소 농도가 낮은 저수지의 붕어가 수면에서 뻐끔거리듯 숨을 몰아쉬고 있으면 "그렇게 숨도 안 쉬고 힘 잔뜩 주면서 하니까 힘들지요"라는 선생님 지적을 듣기 일쑤였다. 속 터진 어느 선생님께서 쉬는 시간에 직접 무작위 발신을 가장한 이 메시지의 숨겨진 수신인은 바로 당신이라고 알려주셨을 때에야 '음? 내가 그렇게 몸에 힘을 많이 주고 있나?' 뒤늦게 문제를 인지했던 것이다.

좋은 발레는 어떤 힘든 동작을 해도 보는 사람이 편안하다고 한다. 몸에서 꼭 필요한 부분에 필요할 때만 힘을 주기 때문이다. 팔은 견갑골부터 팔꿈치까지는 힘을 주지만, 팔꿈치부터 손끝까지는 긴 선을 유지하되 힘을 뺀다. 목은 위로 길게 끌어올리듯 세우되 힘을 주면 안 된다. 잘못하면 전에 하던 목걸이가 초커처럼 짧게 느껴지는 바람직하지 않은 결과에 이를 수 있다. 다리는 안쪽 허벅지에 힘을 주되 바깥 허벅지는 힘을 풀어야 한다. 그런데 나는 몸의 모든 부분에 필요하지 않을 때도 힘을 빼지 못했다. 나름 힘을 많이 뺐다고 생각한 날에도 지적은 매번 반복됐고, "지금의 10퍼센트만 힘줘도 된다"는 말까지 들었다. 대체 뭘 어떻게 해야 여기에서 벗어날 수 있는 걸까?

몸은 마음을 반영하고, 마음이 이끄는 만큼 움직인다. 그래서 움직이는 몸의 선만 봐도 그 사람의 성격을 대충 눈치챌 수 있다. 내성적인지 외향적인지, 섬세한지 대범한지, 악바리인지 순둥이인지, 망설임이 많은지 일단 지르고 보는 편인지.

이렇게 남의 움직임은 객관적으로 관찰하는 사람들도 대부분 자기 자신의 움직임에 대해서는 맹점이 있다. 자신의 장점은 높이 여기는 반면 단점은 잘 보지 못한다. 정도만 다를 뿐 누구나 갖는 나르시시즘의 영향일 것이다. 그 단점이 어디에서 기인하는지 스스로 직면하기 전까지 문제는 해결되지 않는다. 몸에서 힘을 빼지 못하는 내 문제도 적잖이 심리적인 데서 비롯된 것이었다. 부서질 듯 노력하고 몰입하는 삶은 익숙한 반면 적당히 힘 빼는 삶은 심리적으로 낯설었다. 그러니 몸에서 힘을 빼는 방법을 알 턱이 없었다.

고백하자면 나는 힘 빼기를 두려워했다. 나 자신이 소진될 정도로 최선을 다하지 않으면 늘 불안과 죄책감에 시달리며 살았기 때문이다. 늘 긴장하는 것을 미덕으로 여기는 기자라는 직업도 어느 정도 영향을 미쳤겠지만, 어릴 때 이미 그런 마음의 습관이 들었던 것 같다.

나는 한국형 '맏이 표준 교육'을 받으며 자랐다. 연년생의 남동생과 다섯 살 터울의 여동생에게 늘 양보하고 모범이 되어야 했다. 그래서인지 나는 어릴 때 어리광을 부린 기억이 거의 없다. 기억나는 건, 셋째를 임신한 엄마를 위해 마루를 물걸레질 한 뒤 엄마 무릎에 앉아 "엄마 힘들까 봐 내가 했어"라고 한 일 정도이다. 아빠 엄마에게 사랑받는 아이가 되려면 반에서 1등을 해야 하고, 미술대회나 독후감대회 상장을 집에 가져가야 한다고 생각했다. 남동생은 아들이니까 존재감이 있고, 여동생은 귀여운 막내라서 사랑받는데, 나는 그거라도 없으면 아무것도 아닌 아이가 될 것만 같았다. 그렇게 일찌감치 애어른이 되어버렸다. 어른들은 "속 한 번 안 썩이는 착한 아이"라고 했지만 나는 사실 우울했다. 그게 우울한 것인지도 모른 채 우울했다. 우울하지 않은 적이 없었기 때문에 안 우울한 게 어떤 상태인지 몰랐다.

고등학생 때는 스트레스가 정말 심했다. 서울 정릉에 있는 외국어고등학교를 다녔는데, 시험 때마다 교무실 앞 한쪽 벽면에 학년별로 성적 상위 50등까지 빽빽하게 이름을 적어놓는 곳이었다. 나는 졸업 때까지 거기에 이름을 올린 적이 단 한 번도 없었다. 특히 수학이 젬병이었다. 여름방학 내내 『수학의 정석』만 집중적으로 풀고서도 시험에서 양을 받은 적도 있었다. 너무 상심해서 술이라도 먹고 싶다고 했더니, 짝꿍이 학교 앞 슈퍼마켓에서 맥주 한 캔을 사다 줬다. 자율학습 시간에 화장실 한 칸에 숨어 눈물을 흘리며 맥주를 마시다가 생각했다. 이러다 재수라도 하게 되면 어떡하지. 동생이 둘이나 있는데, 내가 재수를 하면 돈도 많이 들 텐데. 아빠 엄마에게 인정받는 딸이 못 되면 어쩌지.

그렇게 대학에 들어가고, 지금의 직장에서 사회에 첫발을 디디면서도 나는 늘 높은 자기 기준에 시달렸다. 목표를 이루면 기뻐하기보다는 안도했다. 이루지 못하면 자기혐오에 쉽게 빠졌다. 이 정도밖에 안 되는 인간이냐며 스스로를 다그쳤다. 하지만 세상은 학교가 아니었다. 교과서도 없고, 시험 범위도 없고, 어디서부터 어디까지 무엇을 어떻게 해야 할지 모르는 곳에서 수습기자를 하기는 쉽지 않았다. 당시 동기들이 '우리 중에 누가 제일 먼저 때려치울까' 얘기를 했는데 그게 나였다는 걸 나중에 전해 들었다. 별 볼일 없는 기자가 되기는 싫었다. 기사를 고쳐 쓰고 압축하고 다듬고 또 다듬으며 '최고의 문장'을 만들려고 노력했다. 직책을 맡았을 때는 최고의 결과물을 만들어내려고 온 힘을 다 쏟아부었다. 일에 몰입하면 빠져나오지를 못했다.

문제는 사람이 계속 이렇게 살 수는 없다는 거

다. 마음이라는 호수에 담긴 물은 새로 물이 흘러들지 않는 이상 언젠간 고갈되기 마련이다.

2년 전 겨울 나는 결국 심각한 번아웃 상태에 빠지고 말았다. 아무리 노력을 퍼부어도 늘 같은 자리인 것만 같았다. 삶의 의미가 사라져버렸다. 출근하면 토할 것처럼 속이 울렁거렸다. 점심에는 약속이 있다고 혼자 나와 울면서 광화문 거리를 걸었다. 하루에 세 시간도 못 자는 날들이 계속됐다. 책임감 때문에라도 후배들 앞에서 힘든 티를 낼 수가 없었다. 회사에선 늘 '웃는 얼굴' 가면을 쓰고 다녔다.

상황이 극단적으로 나빠졌을 때, 정신의학과 문을 두드렸다. 하지만 그마저도 소용이 없었다. 더는 버티지 못하고 결국 어느 날 회사에 사표를 던졌다. 느닷없는 소식에 놀라 화를 내는 부장을 뒤로하고 뛰쳐나온 나는 정동극장 벤치에 앉아 멍하니 붉은 벽돌 위에 햇빛이 쏟아지는 것을 바라봤다. 그리고 집에 돌아가 전화기를 끄고 한 달 동안 긴 잠을 잤다.

사표는 반려됐다. 복귀는 생각도 하지 않고 있었는데, 막막했다. 앞으로 어떻게 해야 할지 모르겠다고 말하자, 반백의 정신과 의사가 답했다.

"민영 씨는 스스로를 너무 괴롭히는 경향이 있

어요. 왜 그렇게 자기 자신을 못살게 굴까요?"

내가 스스로를 괴롭힌다고? 생각지도 못한 지적에 잠시 머리가 멍해졌다.

"저는 제가 노력하고 있다고 생각했는데요. 노력하는 게 문제는 아니잖아요."

"물론 노력하는 건 좋죠. 하지만 세상에 자기 자신을 소진시킬 만큼 중요한 직장이라는 건 존재하지 않아요. 직장은 내가 임금을 받고 일하는 곳이에요. 나는 받는 돈만큼 내 노동력을 제공하면 되는 거고요. 그래서 직장하고 학교는 다른 거죠. 학교는 내가 수업료를 내고 내 성적을 인정받기 위해 노력하는 거고, 직장은 내가 일하고 돈을 받는 거니까 굳이 그 인정을 받을 필요가 없어요."

그럴 수도 있구나. 인정을 받지 못하면 내 존재가 소멸될 것처럼 두려워할 필요는 없었구나. 노력을 쏟아붓지 않아도 괜찮다는 걸 몰랐던 거다. 나는 말하자면 필요 이상으로 공회전하는 자동차나 마찬가지였다. 시속 60킬로를 달리기 위해 시속 100킬로에 해당하는 힘을 주며 살았다. 나머지 40킬로에 해당하는 에너지는 운동에너지로 변환되지 못한 채 허공에 날아가 버린 열에너지와도 같았다. 오로지 나 자신의 불안감을 지우기 위해, 내가 최선을 다하지 않는 건 아닐까 하는 의심을 거두기 위해 지나치게 애썼던 것이다.

나는 공회전을 멈추기로 했다. 퇴근 후나 휴일에도 눈만 뜨면 뉴스를 모니터링하는 강박적인 습관도 버렸다. 삶의 궁극적 의미가 무엇인지 자문하길 그치고, 매일 만나는 소소한 순간들을 세상의 모든 게 첫 경험인 아이처럼 즐기기로 했다. 나에게 기대를 거는 모든 사람들을 만족시킬 수 없다는 한계도 인정했다. 애당초 그런 부담감은 사실 누구보다 나은 존재가 되고 싶다는 강한 자기애에서 비롯됐다는 사실도 돌아보게 됐다. 난생 처음으로, 마음이 가벼워졌다.

그리고 비로소 몸의 움직임에도 여유가 생기기 시작했다. 온 근육을 긴장시키며 힘을 가득 채우기보다 호흡을 하며 숨을 불어넣는 방법이 조금씩 익숙해졌다. 가수 박진영이 말한 '공기 반 소리 반'이 이거였나 싶었다. 내지르고 채우려는 강박이 아닌, 조금은 비우고 덜어내는 소리가 편안한 것처럼 말이다. 하지만 나쁜 습관이 한 번의 깨달음으로 짜잔 바뀌는 건 아닌지라, 여전히 몸에서 힘 빼라는 지적은 지겹도록 듣고 있다. 불교도가 되기로 결심했대서 갑자기 마음이 하해처럼 넓어진다거나, 기독교도가 되기로 하면서 갑자기 이웃을 사랑하게 되는 건 아닌 것과 마찬가지다. 내 걸로 만들려면 꾸준히 연습하고 노력하는 것 말고는 방법이 없다.

"높이 뛰어오르거나 다리를 차올리는 동작을 할 때도 힘이 필요한 부분만 힘을 주고 나머지는 힘을 빼야죠. 그래야 한 단계 올라설 수 있어요."

그럴 수 있는 날이 오겠지. 내 마음이 달라진 것처럼, 몸의 움직임도 가벼워질 날.

바에 기대지 않기

연습 때 손을 올려놓는 바(barre) 동작을 할 때, 가끔 타인과 나의 이상적인 관계를 생각하곤 한다.

바와는 적정 거리를 유지하는 게 중요하다. 아주 가깝지도 멀지도 않게, 팔꿈치를 약간 굽힐 수 있는 정도가 좋다. 너무 멀면 닿지 않아 힘을 얻을 수 없고, 너무 가까우면 걸리적거려서 움직일 수가 없다. 믿고 손을 맡길 수 있는 가까운 관계라고 하더라도 서로를 존중하는 거리가 있을 때 더 산뜻하게 관계가 지속되는 것과 비슷하다.
바와 내가 어떤 방식으로 연결되는지도 중요하다. 바를 잡을 땐 손을 위에 살포시 올려놓는다. 마치 '파드되(pas de deux)'를 추는 파트너의 손처럼 여기라고도 한다. 사람은 소유하는 게 아닌 것처럼, 바는 손으로 꽉 쥐어서는 안 된다. 하지만 바 순서 후반부로 가면서 체력이 떨어질 때면 힘이 많이 들어가는 동작을 할 때 나도 모르게 바를 힘껏 쥐게 된다. 마치 야구 배트나 테니스 라켓 쥐듯 말이다. 그럴 땐 그 무거운 바가 끼기긱 소리를 내며 바닥에서 밀려 움직인다. 마치 파트너가 "날 존중해달라고!"라고 불평하는 소리처럼 들린다.
그리고 바에 의지는 하되 의존하지는 않아야 한다. 바에 기대는 습관을 버릴 때 센터에서 자유로운 춤을 출 수 있다. 의존이라는 습관을 벗어나야 온전히 자립할 수 있는 것처럼 말이다.

발레 초보에게 바는 두발자전거의 보조 바퀴와도 비슷하다. 몸이 흔들리고 넘어질 것 같을 때 바에 지탱할 수 있다. 하지만 보조 바퀴가 편하다고 늘 달고 다닌다면 두발자전거를 타는 기쁨은 얻기 어려울 거다. 인생의 대부분의 기쁨은 '내가 온전히 해낸다'는 자율성에서 비롯되니 말이다.
그래서 D선생님 말대로 바가 "옆에 있어도 마치 없는 듯" 연습하는 게 중요하다. 바에 의존하는 습관을 버리면 몸은 균형감을 선물로 돌려준다. 처음엔 바를 잡고도 파세 밸런스를 3초도 버티지 못하다가 2년 정도 지나자 바를 잡지 않고도 10초 정도를 서 있을 수 있게 된 것처럼 말이다.

오오 터닝신이 강림하셨다!

〈백조의 호수〉 3막에서 흑조 오딜의 32회전 푸에테는 발레 작품 중 최고 어려운 피루엣 안무 가운데 하나로 꼽힌다. 왼다리를 포엥트 슈즈 위에 꼿꼿하게 세우고 오른다리를 휜자 거품 치대듯 빠르게 움직이면서 30초 동안 한 차례도 쉬지 않고 돌고 돌고 또 돈다. 얼마나 어려운지 프로페셔널들조차 실수를 할 정도다. 아메리칸발레시어터(ABT)의 수석 무용수인 미스티 코플랜드는 2018년 봄 공연에서 푸에테를 절반밖에 돌지 못하고 땅을 짚으며 도는 피케로 임기응변한 적이 있다. ABT 사상 최초의 흑인 수석인 그가 실수하기만을 기다렸다는 듯 인종차별적 비난이 쏟아졌다. 하지만 그는 춤은 단순한 기교가 아니며 사람인 이상 누구나 실수를 할 수 있다고 당당하게 대응해 무용계의 따뜻한 지지를 받았다.

피루엣은 한 바퀴를 도는 1~2초 남짓한 순간 팔다리가 일사분란하게 협업하며 완성된다. 바깥쪽으로 도는 파세 피루엣을 예로 들자면, 두 팔을 어깨와 나란히 양옆에 두고 다리는 플리에하며 에너지를 모으고, 상체는 풀업하고, 기둥 다리는 뒷무릎을 쭉 펴고 발꿈치는 들어올려 팽이처럼 축을 튼튼하게 세우고, 일하는 다리는 빠르게 파세 자세로 새끼발가락이 무릎 앞쪽에 닿게 붙이고, 팔은 잽싸게 몸 앞에 모아서 회전한 다음 4번 또는 5번 발로 착지한다. 2회전 이상을 하려면 시선을 고정하는 게 필수적이다. 고개가 돌아갈 때의 에너지로 회전할 수 있기 때문이다.

이 어려운 동작을 발레리나들은 어떻게 해내는 걸까. 미국의 무용과학자인 알린 스가노는 TED 강연에서 이 '인간 팽이' 같은 동작을 물리학적으로 설명하는데, 그의 설명에 따르면 이렇다. 회전을 계속하다 보면 포엥트 슈즈 끝과 지면, 그리고 발레리나의 몸과 공기가 마찰하면서 회전 운동량이 줄어들게 된다. 이 운동량을 다시 보충하는 방법은 객석과 잠깐 마주하는 아주 짧은 그 시간에 몸의 무게중심을 유지하면서 팔을 옆으로 펼치고, 기둥 다리로 다시 바닥을 밀면서, 다른 한 다리로 공중을 치는 것이다. 이때 팔을 몸에 더 밀착시키면 회전하는 속도는 더 빨라진다. 피겨스케이팅 선수들이 핑그르르 돌 때 팔을 몸에 밀착시키는 것도 같은 이유다.

서른두 바퀴나 돌면서도 무게중심이 흔들리지 않는 비결은 회전하는 내내 시선을 한 곳에 고정하는 것이다. 무대에서 보이는 객석 쪽 비상구의 초록빛을 기준점으로 한 바퀴를 도는 마지막 순간에 고개를 돌리면 뇌에 사방의 쓸데없이 많은 시각 정보가 들어가지 않기 때문에 덜 어지럽다고 한다. 연속 회전하는 무용수의 머리가 마치 몸통에서 분리된 듯 계속 정면만 향하는 게 그 이유다.

'덜 어지럽다'고 하는데, 나는 경험상으론 알지 못한다. 성인이 되어 취미로 발레를 처음 배우기 시작한 이들에게 사실 피루엣은 2회전은커녕 1회전도 제대로 하기 어렵다. 처음부터 축을 잘 잡고 꼿꼿하게 돌 수 있는 사람은 정말 드물다. 두려운 상황에 맞닥뜨리면 본능적으로 몸이 뒤로 기울기 때문이다. 공포영화를 보다가 깜짝 놀랄 때처럼 말이다. 놀이기구라면 지루한 궤도의 청룡열차도 손사래 치는 내게 피루엣은 바로 그런 동작이었다. 한 다리를 지면에서 떼기 전에도 이미 으아, 어떡하지! 무섭다! 당황하면 시선이고 나발이고 일단 빨리 땅 위에 두 발을 모두 딛고 싶어진다. 그래서 피루엣을 돌 때마다 매번 휘청거렸다. 첫 3개월간 휘청거릴 때는 시간이 지나면 나아지겠지 막연히 기대했지만 2년 넘어도 피루엣 암흑기는 출구가 보이지 않는 터널처럼 이어졌다. 가끔 어쩌다 2회전이 얻어걸리는 날엔 '오오 터닝신이 강림하셨다! 이때를 놓치지 말아야 한다!'며 급히 스마트폰을 꺼내 다른 수강생에게 동영상 촬영을 부탁한다. 하지만 터닝신께서는 전자기기를 꺼리시는 탓에 카메라를 켜는 순간 이미 총총 떠나신 뒤다. 사진가 앙리 카르티에 브레송이 말한 '결정적 순간'처럼 말이다.

"축을 먼저 세워야죠. 도는 것보다 축부터 먼저 생각하세요."

휘청이는 학생들이 '아싸 호랑나비' 군무를 선보일 때면 늘 듣게 되는 말이다. 팽이를 돌릴 때에도 회전시키기 전에 표면과 직각이 되도록 세우는 것과 같은 이치다. 를르베 상태에서 한 다리 파세 상태로 오랫동안 밸런스를 잡을 수 있다면 그 자세가 '바른 축'이라고 한다. 이 축만 튼튼하다면 체중이나 세형과 상관없이 끝내주게 멋진 피루엣을 돌 수 있다. 예를 들면 '플러스 사이즈'의 몸으로도 가뿐하게 푸에테 11회전에 성공하며 온라인 스타가 된 미국의 십대 소녀 리지 하웰처럼 말이다.

하지만 인체 구조는 팽이처럼 단순하지가 않다. 두개골부터 척추, 골반, 넓적다리뼈와 정강이뼈, 발목과 발가락에 이르기까지 뼈가 몇 개고 근육도 한두 개가 아닌데 이걸 어떻게 정렬을 해야 흔들리지 않는 하나의 기둥이 된단 말인가. 결국, 를르베 자세에서 몸의 뼈와 근육을 이리저리 조금씩 움직여보면서 내 몸의 축을 스스로 찾는 수밖에 없다. 내 중심은 내가 세우는 거니까.

직장인이라 연습 시간을 내기는 어려운 터라 자투리 시간을 이용하기로 했다. 엘리베이터나 버스가 오기까지 기다리는 동안 한 발을 를르베로 서서 밸런스를 잡는 '미니 챌린지'를 습관적으로 했다. 처음엔 3초도 서 있기 힘들었는데 4초, 5초로 점점 늘었다. 15초 정도 서는 데 성공한 날엔 괜히 배시시 웃음이 났다. 작은 성취가 참 사람을 행복하게 만드는구나 싶었다.

축을 좀 잡았다 싶었는데도 피루엣은 여전히 어려웠다. 두 발을 땅에 붙이고 도는 만큼 쉬운 편에 속한다는 '셰네(chaînés)'도 지정된 경로를 이탈해 마치 잘못 굴린 볼링공마냥 휘어졌다. "지금 어디 가세요?" 선생님 농담에 수강생들의 웃음이 터졌다. 시선을 고정하는 것도 까다로웠다. 내가 정한 지점 하나만 쳐다보고 돌고자 하였으나, 고개는 안 돌아가고 눈이 돌아가는 바람에 의도하지 않게 가자미눈이 되곤 했다.

하루는 순정만화 캐릭터처럼 상냥한 N선생님

께 여쭤봤다. 해도 안 늘어요, 왜일까요. N선생님은 배경에 장미꽃들이 깔린 미소를 지으며 내게 물으셨다. "연습 충분히 하고 있나요?" 아뇨, 여기 올 때만 하는데요. 선생님은 상냥한 말투로 냉정하게 말씀하셨다. "연습이 부족해서 그러겠지요. 하다 보면 누구나 다 된답니다."

현역으로 활동했던 선생님들한테는 "그냥 잘 안 돼요" 같은 변명은 정말 통하지 않는다. 본인이 피나도록 연습하는 태도가 몸에 배어 있기 때문이다. 발레를 '규율의 예술'이라고 하던가. 발레에 관한 바스티앙 비베스의 그래픽노블 『폴리나』에는 이런 대사가 나온다.

"사람들은 행동을 취하기 전에 항상 핑계를 댄단다. 좋은 핑계도 나쁜 핑계도 없어. 핑계를 대며 합리화하려는 사람들은 이미 진 거야."

'피루엣 암흑기'를 함께 겪는 수강생들 사이엔 묘한 동지 의식이 있다. 그래서 서로 자세를 점검하기 위해 품앗이를 하기도 한다. "저 지금 돌 테니까 자세 좀 봐주세요." 같은 레벨의 수강생들의 자세를 관찰하는 것은 나에게도 큰 도움이 될 때가 많다. 나와 비슷한 수준이기에 비슷한 실수를 할 가능성이 매우 높기 때문이다. 반대로 내가 부탁하기도 하는데, 정작 내가 돌 때는 내 자세를 볼 수가 없으니 타인의 관찰력을 빌려 나 자신을 관찰하는 것이다. "무릎에 파세를 붙이려고 다리를 들 때 몸통이 뒤로 살짝 기울면서 축이 흔들리네요. 다시 한 번 해보실래요?" 조심하며 다시 한 번 돌면 "이번에는 기둥 다리 무릎이 다 펴지지 않았네요", "파세 다리가 앞에 안 붙었어요", "파세 다리가 너무 빨리 착지했어요", "파세 다리가 안으로 말렸어요", "시선이 고정되지 않았어요" 같은 객관적인 평가를 얻을 수 있다.

자신의 동영상을 찍어서 확인하는 방법도 있기는 하다. 그런데 발레 친구 S의 말마따나 처음에는 마음을 단단히 먹는 게 좋다. 어지간히 잘하는 경우가 아니라면 재생 버튼을 누르는 순간, 뭐야? 내가 이렇게 이상하게 한다고? 눈이 사천왕만큼 커질 가능성이 높다. 1초라도 멈칫거리거나, 필요 없는 발동작을 하거나, 턴아웃이 덜 되거나 포엥을 미적지근하게 하면 가혹할 정도로 티가 난다. 나도 내 개인교습 장면을 찍은 동영상을 보고 망연자실한 경험이 있다. 카메라는 거짓말을 하지 않는다. 그리고 공감 능력 뛰어난 수강 친구처럼 에둘러 말하는 법도 없다. 하지만 몸에 좋은 약이 입에 쓰다고, 따끔한 선생님의 돌직구 지적만큼이나 정신이 번쩍 들기는 한다.

보통 이런 몸에 밴 나쁜 습관은 하루 이틀 만에 바뀌지 않는다. 원장 선생님에 따르면 3개월 단위로 하나씩 고치겠다는 목표를 세우면 된다고 한다. 3개월은 사실 몸에 밴 습관을 바꾸기엔 너무 짧은 시간이다. 전공자만큼 연습량을 늘리지 않는 이상 나 같은 직딩 취미 발레인은 시간이 턱없이 부족하다. 역시 자투리 시간을 쪼개서 쓰는 수밖에 없다. 그래서 택한 게 '이미지 트레이닝'이다. 이런 동작을 할 때는 팔을 이렇게 앞으로 뻗으면서 뒷무릎은 곧게 펴야겠구나, 피루엣 앙드당을 돌고 난 다음 수트뉘를 돌 때 팔은 이렇게 앙아방을 하는 거구나, 머릿속으로 상상을 해보는 거다. 이미지 트레이닝의 효과에 대해 다룬 대표적인 작품은 영화 〈킬 빌〉 1편으로서 장기간 식물인간이었던 여주인공이 이를 통해 킬러의 몸놀림을 되찾는다는 설정이 나온다. 아, 이건 아닌가.

골프인에게는 골프채널, 낚시인에게는 낚시채널, 바둑인에게는 바둑채널이 있는 것처럼 발레인에게는 인스타그램과 유튜브 계정들이 있다. 여기서 관련 동영상을 꾸준하게 보는 것도 도움이 된다. 물론 잘 골라보는 것이 중요하다. 유니버설발레단 출신의 따뜻하지만 엄격한 U선생님은 "여러분은 무대 공연 동영상은 보지 말고 바가노바 발레학교 저학년 수업 동영상을 보셔야 됩니다"라고 한마디 한 적이 있다. 멋 부리지 말고 기초부터 먼저 잡으란 뜻이다. 뜨끔해진 수강생들이 멋쩍게 웃은 기억이 난다.

그렇게 연습의 시간이 쌓였고, 4년 만에 휘청이지 않는 파세 피루엣을 얻었다. 센터 수업 때 내가 생각해도 깔끔하게 돌았다 싶은데 선생님께서 "좋아요!"라고 해주셨을 때 뛸 듯이 기뻤다. 감격에 겨운 나머지 다음 동작을 까먹을 정도였다. 처음엔 그렇게 높은 울타리처럼 보이던 피루엣도 원리를 깨치고 나니 조금씩 재미가 붙기 시작했다. 온몸과 온 마음을 집중해 한곳만을 바라보며 1초의 회전을 이룰 때, 그 1초는 온전히 내 존재에 집중한 순간의 희열을 안겨준다. 이슬람 일파인 수피즘에서 한 시간 동안 제자리에서 빙글빙글 도는 수피 댄스를 통해 우주의 무한함에 가닿는 명상을 하는 것도 그런 이유일까.

그래서 올해의 최종 목표는 피루엣 2회전으로 정했다. 가끔 얻어걸리는 2회전 말고, 정말 온전히 내 의지대로 몸을 컨트롤해서 정지 자세까지 깔끔하게 말이다. 물론 그 성공의 순간을 얻기 전까지 나는 또 여러 차례 휘청이고 흔들릴 것이다. 까짓것 넘어져도 엉덩방아고 다쳐 봤자 멍인데 아무렴 어때. 처음부터 잘하는 사람은 아무도 없는걸.

단체 공연

발레를 처음 배웠던 학원의 벽면에는 수강생들이 공연 때 촬영했던 솔로와 군무 사진이 여럿 걸려 있었다. 튀튀를 입고 화장을 곱게 한 이들이 무대를 즐기는 모습을 보면서 꽤 부러웠던 터라 2016년 정기공연 준비반 공고가 나자 냉큼 등록부에 이름을 올렸다.
내가 속한 레벨1 반의 안무는 〈라 바야데르〉의 여성 4인무를 단체 공연용으로 손질한 것이었다. 주 2회 플로어-바-센터로 구성되는 80분 수업 시간 중 약 30분간 안무를 익혀서 석 달 만에 무대에 올리는 일정이었다. 시간은 매우 빠듯했고 안무는 어려웠다. 레벨3 반은 3주 만에 안무를 다 익히고 디테일을 연습 중이라고 했는데 우리 반은 5부 능선도 넘지 못한 상태였다.

우리는 담당 A선생님에게 연민과 죄책감을 갖고 있었다. 군무는 조화가 생명이고 한 치라도 어긋남이 있을 때는 그 아름다움이 흐트러지는데 우리는 모두 각자가 해석한 춤을 따로 추고 있었다. 원래 안무의라 스칼라(이탈리아 밀라노에 있는 오페라극장) 버전 동영상을 처음 봤을 때 다들 적잖게 충격을 받았다. 우리가 이 춤을 지금 이렇게 추고 있단 말인가. 하지만 선생님은 끝까지 포기하지 않았다. 발레계의 설리반 선생님 같았다. 그분이 재채기를 하면 코에서 사리가 나올 게 분명했다.

공연용 튀튀는 단체로 맞춤 구입하는데 각자 치수를 재고 가봉된 옷을 입어본 뒤 박음질을 한다. 그런데 막상 튀튀를 받아보고는 도망가고 싶어졌다. 인도가 배경인 작품 설정에 매우 충실하게도 브라탑과 튀튀가 상하의처럼 분리된 형태였기 때문이다. 배 부분이 뻥 뚫린 짧은 탱크탑에 짧은 치마라니. 〈돈키호테〉를 준비하는 옆 반은 종아리 길이의 빨간색 튀튀고, 〈라 실피드〉를 하는 그 옆의 반도 종아리 길이의 흰색 튀튀고, 시골 처녀들의 춤을 추는 그 옆옆 반은 벨벳 치마 위에 앞치마까지 둘렀던데, 이 민망한 옷을 어이 한단 말인가. 가봉을 마치고 공연 전까지 더는 살이 안 찌는 것 말곤 별 도리가 없었다.

공연 당일에는 이른 아침부터 부산하다. 백 명이 넘는 공연 참가자들이 동선 점검을 비롯한 최종 리허설과 무대화장 등을 서둘러야 한다. 무대조명을 받으면 얼굴이 잘 보이지 않기 때문에 화장은 상당히 센 편이었다. 1센티 두께의 아이라인을 위로 그리고 다시 눈 아래에도 굵게 선을 그어서 '여기 눈이 있소' 표시하고, 코 옆에 셰이딩을 잔뜩 줘서 '여기 코가 있소' 하는 식이다. 분장사가 새롭게 해석한 내 얼굴은 피카소가 그린 여인의 그림과 비슷했다. 다들 서로의 낯선 얼굴을 보고 깔깔 웃었다.
튀튀를 입은 상태에서는 화장실에 갈 때도 누군가와 동행해야 했다. 튀튀를 벗었다 다시 입는 것도 보통 일이 아니었기 때문이다. 아예 물을 적게 마시는 게 최선이었다. 그런데 점심으로 배달된 단체 도시락이 예상 밖으로 꿀맛이라 김밥 두 줄을 먹고 샌드위치까지 먹었다. 그리고 혹시나 무대에 섰을 때 힘이 부족하면 안 되니까 초콜릿 과자도 넉넉하게 나눠 먹었다. 어차피 군무니까 내 배 하나 통통하대도 눈치챌 관객은 없겠지.

다행히도 무대는 깔끔하게 마무리됐고 며칠 뒤 뒤풀이에서 술과 돼지족발을 포식하며 즐거워했다. 그때 친해진 자매들에게는 지금도 마음이 각별하다. 함께 아름다움을 추구하고 목표를 달성해 얻는 성취감은 아마 취미 발레 공연이 주는 가장 큰 선물이 아닐까 싶다. 공연 의상비 및 대관료 등 개인적으로 지출하는 비용은 상당하지만, 기회가 된다면 자신의 발레 실력도 점검할 겸 한 번쯤 꼭 참가하길 권하고 싶다.

어떤 동작이든 하나도 힘들지 않은 것처럼

발레에서 아름다움의 핵심은 어떤 동작이든 하나도 힘들지 않은 것처럼 해내는 것이다. 그건 우아함의 본질이기도 하다. 격렬한 감정이나 견디기 힘든 고통을 꼭꼭 씹어서 소화한 뒤 한 단계 승화하는 것이다. 무대 위의 발레리나는 어떤 순간에도 배역이 아닌 무용수 자신의 불안이나 통증을 날것으로 표현하지 않는다.

"얼굴 인상 좀 펴세요."

나는 울기 일보 직전이었다. 고통을 승화하기는 개뿔. 시뻘게진 얼굴에 다 드러날 뿐이었다.

바워크에서 다리를 90도로 들어서 앞, 옆, 뒤, 옆으로 왔다갔다 반원을 그리는 동작을 연습 중이었다. 30초쯤 지나자 다리가 정말 뽑혀 나갈 것처럼 아팠다. 포기하고 싶은데 원장 선생님이 매의 눈으로 보고 있으니 그러지도 못한다. 와중에 그는 3초마다 지적을 연발 중이었다. "발끝 포엥하세요", "다리 왜 자꾸 아래로 떨어져요", "턴아웃해야죠", "기둥다리 끝까지 를르베해야죠, 발꿈치 왜 내려와요." 나는 우거지상을 하고 바에 기대서 부들부들 떨고 있었다. "마지막이니까 한 번만 다리 90도로 드세요." 그래, 마지막이라는데. 두 눈을 질끈 감고 중력에 질질 끌려 내려가던 다리를 다시 한 번 위로 들어본다. "헙!"

우거지 같은 얼굴이 더 찌그러진다.

안 힘들어 보이려면, 당연한 얘기지만, 일단 힘이 있어야 한다. 발레를 배우면서 매번 부딪히는 한계다. 근력이 부족하니 동작을 하다가도 근육이 파들파들 떨리며 힘이 풀린다. 점프를 하려는데 발이 안 떨어진다. 끈끈이에 붙은 파리의 심정이 이런 걸까.

이렇게 아이고 나 죽네 우는소리 하면서 근육을 한계까지 밀어붙인 날에는 정말이지 삭신이 쑤신다. 찜질을 하고 파스를 붙여도 몸이 아파서 끙끙대느라 밤잠을 설치기 일쑤다. 언젠가 할리우드 액션영화 주연으로 캐스팅된 어떤 배우가 근육질의 몸을 만드는 고강도 트레이닝을 받느라 깊은 잠에 들지 못해 힘겨워하는 장면을 다큐멘터리에서 본 기억이 났다. 나는 어디 진출할 것도 아닌데 이 고달픔이 어인 말인가. 괜히 헛웃음이 났다.

그런데 이런 고비를 넘기면 1~2주 뒤에는 전보다 같은 동작이 훨씬 덜 힘들어진다. 그렇게 힘을 차곡차곡 쌓으면 2분 남짓한 바리에이션 작품 하나를 무리 없이 끝까지 소화할 수 있는 몸이 된다.

솔직히 발레를 배우기 전에는 그 짧은 바리에이

션이 체력적으로 힘들 거라곤 상상하지 못했다. 공연 무대의 무용수들은 다들 숨 쉬듯이 편안하게 춤추는 것처럼 보였기 때문이다. 그러다가 고전발레 작품인 〈파키타〉에 나오는 '폴로네이즈' 바리에이션을 배울 기회가 있었다. 동영상을 볼 땐 참 쉬워 보였다. 하지만 한쪽 발끝으로 서서 움직이는 열여섯 마디짜리 후반부를 따라하는데 종아리가 터져버리는 것 같았다. 관객이 보기엔 '왜 굳이 힘들게 한 다리로만 움직이나' 싶은 지루한 장면일 수도 있는데 추는 사람 입장에서는 근육이 활활 타오르는 지독한 안무다. 절반쯤 지났을 때 나도 모르게 정신을 놓고 끄아아아 괴성을 지르며 동작을 하고 있었다. 고작 소품 하나에 녹다운이라니. 두 시간짜리 전막 공연을 하는 발레리나들은 참으로 강인한 사람들이구나 싶었다.

발레리나라고 힘들지 않은 건 절대 아니다. 내색을 안 할 뿐이다. 〈백조의 호수〉에는 오데트가 두 손과 다리를 높이 들어 올리며 날갯짓하는 아름다운 장면이 있다. 한 발레리나는 이 부분을 두고 "너무 힘들다. 이건 발레를 모르는 사람이 안무한 게 분명하다"며 투덜거린 적이 있다. 〈잠자는 숲속의 공주〉의 오로라 공주 역할은 워낙 고난도의 동작이 많아서 체력이 약하면 주역을 맡기 어렵다고 한다. 나 같은 체력이라면 1막에 등장해 10분도 지나지 않아 오로라 공주가 "어머, 피곤하네요" 하면서 기절한 듯 깊은 잠에 빠지는 허무한 이야기가 되어버릴 거다. 그럼 왕자님은 몸에 좋다는 원기 회복 영양제를 들고 오려나.

특히 체력은 정말 중요하다. 체력이 바닥나면 머리가 멍해지면서 집중도가 떨어지고 몸이 제대로 움직이지 않는다. 취미 발레의 어려운 점 중 하나가 사실 체력이다. 힘든 하루 업무를 마치고 방전 상태로 수업에 들어가면 하루 종일 과부하 상태였던 머리에 순서 입력이 잘 안 된다. 또는 한쪽 귀로 들어왔다가 다른 쪽 귀로 곧바로 흘러 나간다. 그래도 안 힘든 척하는 게 발레다. 남성미 넘치는 작품 〈스파르타쿠스〉 연습 현장의 국립발레단 단원은 "속으로 해야 된다, 해야 된다 이렇게 계속 다짐하면서 하는 것 같다. 숨이 모자라다 보니까 다 끝나고 나면 한 10분에서 15분 동안 머리가 어지럽다"고 한 인터뷰에서 말한 적이 있다. 정말이지 극기훈련이 따로 없다.

그럼에도 발레가 힘들지 않은 춤이라고 종종 오해받는 이유는 뭘까. 하늘하늘한 상체 동작 때문인 것 같다. 바람결의 코스모스처럼 손끝이 움직이고 있는데 복근과 척추기립근과 엉덩이 근육에 바위처럼 단단하게 힘을 준 상태인지 누가 알겠는가. 직접 겪어보지 않곤 모를 일이다. 취미 발레생들이 공연을 마친 예술인들에게 손바닥 아프도록 박수를 보내는 건 얼마나 고생스럽게 연습을 했을지 몸으로 저절로 헤아려지기 때문이다. 마법에 걸린 알브레히트 왕자가 공중으로 계속 뛰어오르는 〈지젤〉의 장면이나, 보기만 해도 살이 빠질 것 같은 〈잠자는 숲속의 미녀〉의 요정들의 춤을 볼 때는 나도 모르게 몸을 움찔거리게 된다.

발레리나들이 중력을 거스르듯 가볍게 움직이는 것도 발레가 힘들어 보이지 않는 이유다. 모든 사물은 공기저항이 동일한 상태에서는 무게와 상관없이 같은 속도로 땅 위에 떨어진다는데 발레리나들은 공중에 머무는 것처럼 보인다. 어떻게 그런 '체공'이 가능한 걸까. 내 몸은 뜨기 무섭게 바닥으로 떨어지는데 말이다.

비결은 시선이다. 가고자 하는 곳을 바라보며 몸을 높이 띄운 뒤, 바람 속이 원래 자리이고 땅은 그저 잠깐 디뎠을 뿐이라는 듯 공중에서 팔과 다리를 길게 뻗어내는 거다. 그럼 마법처럼 그의 반경에서 중력이 사라진 것처럼 보인다. 누구나 같은 높이에서 같은 속도로 땅에 떨어지지만, 발레리나는 그 시간을 알토란같이 쓴다. 순간에 몰입하면서 비현실적인 아름다움을 몸으로 만들어내는 거다.

하지만 나한텐 이게 영 쉽지가 않다. 발이 땅에 닿는 타이밍은 좀처럼 가늠이 되지 않고, 착지하다가 인대를 다칠까 봐 겁이 나고, 지난번에 지적받은 팔 모양을 제대로 할 수 있을지 등등의 잡생각이 한꺼번에 머리를 스쳐 지나간다. 그래서 뛰어오르자마자 바로 착지 모드가 되기 일쑤다. 눈이 땅을 향하느라 무거운 두개골이 아래로 처져 있으니 몸이 위로 뜰 리 없다. 목적지까지 비행 거리가 백 킬로쯤 남았는데 미리 바퀴부터 내린 비행기처럼 공중에서 발은 이미 땅을 디딘 모양이 되어버린다.

이런 나에게도 물 흐르듯 자연스럽게 발레를 아름답게 출 수 있는 날이 오긴 오려나. 써놓고 보니 괜히 웃음 짓게 된다. 발레를 배우기 시작했을 때는 얼추 모양만 비슷하게 동작을 해내도 스스로가 자랑스러웠는데, 이젠 완벽하게 해내고 싶다는 열망에 불타고 있으니 말이다. 사람 욕심이라는 게 끝이 없다. 그런데 이런 성취욕, 살면서 한 번쯤은 괜찮지 않나.

나는 내 몸을 다시 빚는 중이다

한때 사람의 뇌는 한번 만들어지면 바뀌지 않는다는 게 정설이었다. 20세기엔 운동장에서 피구를 하다가 머리에 공이라도 맞으면 "앗! 내 뇌세포 죽었다! 내 머리 나빠졌어!"라면서 아이들끼리 왁자지껄 떠들곤 했다. 하지만 21세기 들어서면서 성인의 뇌도 계속 발달한다는 게 여러 연구를 통해 확인되는 중이다. 이른바 '뇌 가소성'이다. 변화하는 환경에 적응하기 위해 뇌세포끼리 새로운 접속점(시냅스)을 만들기도 하고, 중풍 등으로 세포가 죽으면 그 옆의 세포가 바통을 이어받아 기능을 대신한다고 한다. 팔십대의 고령에도 이십대 청년 못잖은 인지능력을 가진 '슈퍼에이저'들에게는 의사소통과 관계된 '폰 이코노모' 뉴런이 더 많이 발견된다는 연구도 있다. 뇌는 고정돼 있지 않다. 어떻게 쓰느냐에 따라 달라진다.

몸도 마찬가지다. 마흔을 코앞에 두고 발레를 시작하면서 몸이 바뀔 거라는 큰 기대는 없었다. 운동 효과가 뛰어나다고 하니 토실토실 살이나 빠지면 다행이라고 여겼다. 성장기를 지나 이미 굳어진 몸에게 남은 건 죽음으로 향하는 느린 내리막길인 노화뿐이라고 여겼기 때문이다. 게다가 나는 발레와 거리가 먼 체형인지라 내가 취미 발레를 시작했다는 애기를 들은 여동생이 무심코 "언니가?"라는 솔직한 반응을 보일 정도였다.

하지만 손끝부터 발끝까지, 뼈에 붙은 숨겨진 작은 근육까지 마음을 집중해 사용하는 수업이 거듭되면서 몸의 형태가 조금씩 달라지기 시작했다. 풀업을 꾸준히 하면서 거북이처럼 굽었던 등과 어깨가 펴졌고, 골반 위치를 바로잡으면서 배가 들어갔다. 요즘은 내 몸만 보고도 자세가 곧은데 발레를 배웠느냐고 묻는 사람도 있을 정도다. 폼롤러와 마사지볼로 다리의 뭉친 근육을 꾸준히 풀었더니 식단 조절을 해도 요지부동이던 허벅지 둘레도 바지 핏이 바뀔 정도로 줄었다.

느리지만 확실한 내 변화에 설득된 여동생은 자기도 발레를 배우겠다며 학원에 등록했다. 사진으로 비교해봐도 지금의 나는 10년 전보다 더 건강하고 아름답고 자신감 넘친다. 나는 발레를 통해 내 몸을 다시 빚는 중이다.

물론 아무리 다시 빚는대도 나는 이상적인 발레의 몸과는 여전히 거리가 멀다. 발레를 업으로 삼으려는 이에게 요구되는 적합한 신체 조건은 정말 까다롭다. 예를 들어 하체의 경우 다리의 전체 선은 곧고 길어야 하고, 무릎은 크거나 튀어나와서는 안 되고, 엉덩이는 작아야 하고, 발등은 아치를 그리며 앞으로 살짝 나온 게 최고다. 그래서 어린 발레리나들은 이 조건에 맞추기 위해 뼈와 관절이 말랑말랑할 때 혹독한 마사지를 통해 골격을 교정한다고 한다. 작은 두상이나 짧은 상체는 타고나는 것 말곤 방법이 없다. 러시아 볼쇼이 발레단의 발레 여제 스베틀라나 자하로바는 토슈즈 끝으로 서면 11등신쯤 된다. 바가노바 발레학교 시절 그의 연습 장면 영상을 보면 머리가 얼마나 작은지 쟁쟁한 학생들 속에서도 홀로 비현실적인 순정만화풍 인체 비율이 두드러질 정도다.

하지만 발레를 잘 추기 위해 이런 신체 조건들이 필수인 건 아니다. 네덜란드 국립발레단에서 솔리스트로 활동 중인 미국의 흑인 발레리나 미켈라 드프린스를 보면 그렇다. 시에라리온의 전쟁 고아였던 그는 피부에 흰 반점이 생기는 백반증 때문에 '악마의 자식'이라고 차별을 받다가 네 살 때 미국에 입양된 뒤 발레를 배우기 시작했다. 그는 길고 가느다란 선을 지향하는 러시아 스타일의 체형과는 거리가 있다. 하지만 무대 위에서 그가 유연하고도 탄력적인 점프와 흔들리지 않는 균형감각으로 음악을 온몸으로 표현하는 순간 그런 것쯤은 아무 문제도 되지 않는다는 걸 깨닫게 된다. 현대발레 작품 〈크로마〉 속 그의 춤을 보면 입을 다물 수 없다.

영국 로열 발레단의 간판 무용수인 마리아넬라 누네즈는 내가 가장 좋아하는 발레리나이다. 몸통이 살짝 두껍고 근육이 씩씩한 편이라 언뜻 〈백조의 호수〉 같은 비극의 여주인공으로는 썩 어울리지 않을 듯도 하다. 하지만 그의 공연 영상을 보면 그저 놀라움의 연속이다. 안정적인 테크닉과 연기력이 지구 최고다. 저주에 걸린 오데트의 슬픔을 등 근육으로 그려내는 능력자라니! 발레는 스틸 사진이 아닌 공연 예술이기 때문에 몸을 어떻게 쓰느냐가 더 중요한 것이다.

취미 발레도 마찬가지다. 체형과 상관없이 각자가 만들어내는 완벽한 순간이 있다. 키 작은 이가 누구보다 큰 에너지를 뿜어내며 힘차게 뛰어오르고, 통통한 이가 여왕처럼 우아하게 공간을 지배한다. 그럼 꼭 수업이 끝난 다음 쪼르르 달려가서 "아까 정말 멋있었어요"라고 한마디 작은 팬심을 전하지 않곤 배기지 못하겠다. 그런 이들을 보면서 나 같은 근육 돼지도 언젠가는 아름답게 발레를 출 수 있게 될 거라고 되뇌어본다. 낙숫물이 댓돌을 뚫는다고 했다. 하루하루 수업을 꾸준히 하다 보면 이 뻣뻣한 몸에도 충분히 발레가 깃들 것이다. 그때까지는 사랑하는 부모님께서 물려주신 무릎과 발목 관절을 소중히 아끼고, 성실하게 회사일 하면서 학원비를 열심히 벌 계획이다.

지금까지가 나의 지난 4년간 발레 이야기다. 특히 최근 2년 동안 서울 서교동 '더시티발레'에서 배운 이야기, 만난 사람들 얘기를 주로 적었다. 취미래도 '적당히', '대충' 없이 한계까지 밀어붙이는 유니버설발레단 출신 김동민 원장 선생님께 여러 모로 많은 것을 배웠다. 바쁜 시간을 쪼개 먼 길 마다 않고 와주시는 전·현역 선생님들께는 그저 감사할 뿐이다. 강민우, 곽동현, 김남영, 류형수, 민홍일, 방선희, 엄재용, 연보라, 이향조, 전여진, 정훈일 선생님께 존경을 보낸다(당연히 가나다 순서다).

'삐약삐약' 취미 발레 병아리 시절 둥지가 되어준 '지니발레'의 이현진 원장님과 상냥한 안현정 선생님을 비롯한 강사진께도 깊은 감사 인사를 전한다. 말귀 못 알아듣는 나 같은 뻣뻣한 몸치를 가르치실 때도 수업마다 열의를 다하시는 모습에 늘 작은 감동을 받곤 했다.

나의 발레 이야기가 너무 힘들게만 들렸다면 그건 다 내 엄살 때문이다. 손으로 소품만 만들어도 재

있는데, 온몸으로 궁극의 아름다움에 도전하는 일은 당연히 그보다 최소 열 배쯤은 꿀잼 보장이다. 특히 음악을 좋아하는 이라면 몸으로 음악과 공명하는 놀라운 경험도 얻을 수 있다. 피아노 선율에 맞춰 움직일 때, 음악이 온몸으로 스며들면서 세상에 음악과 나만이 존재하는 듯한 희열을 느끼곤 한다. 즐거운 알레그로에 나도 모르게 미소를 머금거나 상실감 가득한 아다지오에 마음으로 울게 된다. 음악을 몸이라는 구체적인 형상으로 빚어보면서 더 깊이 이해할 수 있게 된 건 큰 축복이다. "음악을 보고 춤을 듣는다(See the music, hear the dance)"라는 20세기 천재 안무가 조지 발란신의 명언처럼 말이다.

다만 한 가지, 발레에는 입구는 있되 출구는 없다. 취미 발레 수강생 중엔 5년은 물론 10년 차도 드물지 않다. 발레가 재미없어서 그만둔다는 사람은 이제껏 보지 못했다. 오히려 연애도 마다하고 주말이면 어김없이 발레 학원에서 열정을 불태우는 이들은 수두룩하다. 이들 '발레 자매'들 덕에 끝이 보이지 않는 발레라는 수행이 소풍처럼 즐거워진다.

최근 몇 년 새 우리나라의 발레 인구가 늘어나고 있는 것도 다들 발레에 빠졌다가 출구를 찾지 못해서 그럴 거다. 이렇게 10년쯤 지나면 '실버 아마추어 발레단'이 생기지 않을까? 아마도 나는 창단 멤버 선발 오디션장에 있을지도 모르겠다. 그때 내 발레 실력은 얼마나 늘어 있을까, 사뭇 궁금하다.

나를 만든 세계, 내가 만든 세계
'아무튼'은 나에게 기쁨이자 즐거움이 되는,
생각만 해도 좋은 한 가지를 담은 에세이 시리즈입니다.
위고, **제철소**, **코난북스**, 세 출판사가 함께 펴냅니다.

아무튼, 발레

초판 1쇄 2018년 11월 25일
초판 6쇄 2022년 10월 31일

지은이 최민영
편집 조소정, 이재현, 조형희
디자인 일구공스튜디오
제작 세걸음

펴낸곳 위고
출판등록 2012년 10월 29일 제406-2012-000115호
주소 경기도 파주시 회동길 290 206-제5호
전화 031-946-9276
팩스 031-946-9277

hugo@hugobooks.co.kr
hugobooks.co.kr

ISBN 979-11-86602-43-0 02810